龙　　　观　　　自

山　不　在　高　　有　仙　则　名

然　　　漫　　　步

水　不　在　深　有　龙　则　灵

张海华◎著　　张可航◎绘

宁波出版社

自序

　　四明山是浙东名山，离宁波市区不远。我常对人说，只要向西驱车大半个小时，就已离开喧闹的城市，来到连绵起伏、群峰耸峙的四明山脚下，投身大自然的怀抱，这是多么幸福的事！

　　从2005年迷上拍鸟算起，一转眼，我已有16年自然摄影的经历；所拍摄的对象，也逐渐从野生鸟类扩展到两栖爬行类、野花、野果、昆虫等。毫无疑问，四明山属于我野外考察所重点关注的地方，而作为四明山东大门的海曙区龙观乡，凭借其交通之便、林壑之美，又成了我关注的重中之重。

　　平时只要稍得空闲，我就常到龙观山里拍照，日复一日，年复一年，漫步于那些群山之中的古道、古村、峡谷与溪流，用镜头记录那里多种多样的野生动植物，亲近这些不会说话的有灵万物，与它们为友，实为人生一大乐事。

　　多年前，我的一个好朋友见我这么喜欢往龙观跑，就曾半认真半开玩笑地对我说："你这么喜欢龙观，真应该成为龙观生态的代言人啊！"我很认真地回答："其实，不应该由我

来做代言人,而应该由龙观的野花、蝴蝶、鸟类、蛙类……总之,应该让多样的生物'站'出来为龙观代言!"

念念不忘,必有回响。没想到,当年我无意中说的这句话,还真会变成现实。近些年,国家对生态文明建设越来越重视,坐拥好山好水的龙观也迎来了崭新的发展机遇。龙观提出,要切实践行"绿水青山就是金山银山"的理念,积极创建国家生物多样性友好乡镇,走出一条乡村振兴的好路子。与此同时,海曙四明山区域生物多样性本底调查工作也已经在开展,龙观又是这项调查的重点地区。在这样的背景下,《龙观自然漫步》的写作与出版可谓水到渠成。写这本书的目的,就是"有请"生长、栖息在龙观的各种野生动植物亮个相,请它们来"告诉"读者龙观的生物多样性状况如何。在此,我要特别感谢龙观乡对本书出版的大力支持。不能不说,这是我跟龙观的缘分。

接下来,简单介绍一下本书的主要内容。所谓"自然漫步",是指基于自己多年来对龙观生物多样性的了解,以漫步式的轻松笔调为读者介绍这些自然风物。比如说,我去走一条古道,或夜探溪流,或到山村观鸟,就写一篇自己的所见所闻。书中所涉及的物种,包括野花、野果、鸟类、昆虫、两栖爬行类、鱼类、兽类等。不过,我并不是专家,最多算一个资深的博物爱好者,平时关注多、拍摄多的,就多写一些,相反就少一些。文字风格方面,自然也是随笔式的,尽可能少用晦涩的专业术语,而以叙事、讲故事为主,希望中小学生也能愉快地阅读。

本书正文共20篇。第一篇《多样之美在龙观》重点介绍龙观的自然地理风貌,让读者对龙观是个什么样的地方有个基本印象。之后的19篇,则以四季为轴,分别讲述在龙观的春夏秋冬里主要可以看到哪些动植物。这19篇,有些是偏综合性的"博物游记",有些则是偏专题性的文章。我的目的,是尽最大可能在有限的篇幅内让大家多了解一些龙观

自序

的丰富的生物多样性。书中有大量照片，也有我女儿张可航的自然手绘作品。迄今，我的每一本书都离不开可航的手绘，也希望大家会喜欢。

尽管如此，限于篇幅，还是有很多物种不会在书的正文中出现或以图片呈现。因此，本书还附送了一份《龙观常见（特色）野生动植物》的小册子，提供了200多个物种的照片，以便大家了解。

在某种意义上，本书可以看作"四明山自然笔记"的简略版。读了这本小书，若能让大家到四明山里玩的时候多一点博物认知的乐趣，我就已经很高兴了。当然，如果能激发更多人探索自然、保护自然的兴趣与热情，那我就真的是倍感荣幸了。

我一直认为，对乡土生物多样性的持续关注，最符合博物学的精神。龙观地方虽然不大，我也已经探索了十几年，但我认为，自己对龙观自然生态的了解还非常肤浅。在龙观，一定还有很多不为人知的"自然秘境"，等待我们去探索，去发现，去呈现。

最后，我要特别感谢一个人，那就是宁波著名博物学家林海伦先生。多年来，为了探索乡土自然，林老师也在龙观倾注了大量时间与心血，收获了丰硕的成果。他的经验与成果对本书的写作非常有益，因此我在书中很多地方都提到了林老师，在此深表敬意和感谢！

我想，发掘更多的乡土原生之美，与自然友好相处，是我们的责任，也是我们的荣耀，更是对养育我们的这块土地的最好的回报。在此，愿与读者诸君共勉之。

是为序。

张海华

2021年12月22日

目录

001　　多样之美在龙观

013　　春风初拂四明山

025　　三月里的樱花谷

042　　章溪的自然秘境

053　　杜鹃声里赏杜鹃

063　　春夏野果盛宴

077　　初夏，观鸟去

092　　蛙声十里出清源

105　　道济角蟾发现记

114　　夜游雪岙

125　　溪流水下探秘

135	盛夏寻虫散记
148	我和萤火虫有个约会
159	夏花绚烂何处寻
170	龙观的"蝶道"
187	秋登鹁鸪岭
200	深秋南坑赏野果
212	隐秘的鸳鸯湖
222	冬日走过山间
236	自然的勋章
254	后　记

家燕

多样之美
在龙观

"山不在高,有仙则名;水不在深,有龙则灵。"唐代文学家刘禹锡的这几句话,可谓对龙观乡自然环境的最好注脚。

龙观乡,旧属宁波鄞州区,近年因行政区划调整,划入海曙区,目前是海曙区唯一的乡建制区域。她地处四明山东麓,以山水优美著称,离宁波市中心仅35公里。也就是说,出市区后,只需半个多小时车程,即可到龙观的四明山中,感受大自然的清新与美丽。

"龙观"这个名字,源自一个古老的传说。很久以前,有位高僧游历到此,问当地人:"此为何地?"答曰:"观龙。"高僧云:"世上哪有'人观龙',应该'龙观人'才对啊!"因此,地名才由"观龙"改为"龙观"。我推测,高僧的意思是,龙乃代表上天的神秘高贵之物,自可俯视天下众生,但岂可轻易被人所观?

龙本身不可观,但龙所居之地的山水之美、自然之美,却可以观,可以赏。龙观境内,自古及今,有很多地名与龙有关,如五龙潭、龙王溪、龙谷村、龙溪村、龙峰村等。在这里,不得不说到一部名为《四明谈助》的奇书。此书是非常有名的宁波乡土文献,著者为清代甬上杰出的历史、地理学家徐兆昺。书中有"后弄(一名后龙)"条:"鄞邑林壑之美者多在西南……溯小

从龙观最南端的鹁鸪岭往北眺望龙观乡

溪而上十里许,陈氏聚族于斯。水接双皎,山连四明,两溪夹流,诸峰环抱,地势隐起,其状若龙,故名'后龙'。"此之"后龙",即今之龙观后隆村。我觉得,上面所引的这段话,不仅可解释后隆村地名之来源,大致上也可以用来形容整个龙观乡的地貌,只不过须将"两溪"改为"四溪"(因为龙观全境溪流之大者有四),下文简述之。

龙观全乡之地域,总体接近长方形,南北稍狭窄,东西略宽广,境内除东边平地相对较多外,北、西、南皆为山地。龙观之东,与鄞江镇相连,故从宁波市区出发,由荷梁线过鄞江,左转经乌头门后,即到龙观地界;龙观北边、西北之山,与章水镇相接;西边、西南之山,直通奉化区商量岗;南边之山,则与奉化区溪口镇相邻,在龙溪隧道通车之前,徒步须经鹁鸪岭古道方能到溪口。

有山必有水,龙观之水,由北至南,大者有四:一为章溪(现民间习惯称为"樟溪河"),源于章水镇

上游之大皎、小皎二溪（即徐兆昺所说"水接双皎"），流经龙观乡最东边，再经鄞江镇，最后汇入奉化江，奔向东海；二为龙王溪，由五龙潭之深邃峡谷奔流而出，兼纳观顶湖下泄之水，在后隆村汇入章溪（此即"两溪夹流"）；三为中溪河，其源头较为复杂，源自交坑大峡谷（中坡山森林公园）的溪水与来自章圣寺水库的水汇聚到外牌楼水库，而该水库下游之水即为中溪河，它流经龙观乡政府附近，随后汇入章溪；四为清源溪，源自南坑、铜坑方向的溪流，在石鼓门水库下游合为一条宽阔美丽的大溪，它往东流经雪岙村，再往东于张家新村接纳来自溪口里村、龙观李岙村的溪水后，流入鄞江镇境内，最后也汇入奉化江。

以上，之所以不厌其烦地介绍地貌，是因为龙观"林壑之美"皆在于此，龙观生物多样之美也皆系之于此。下面，结合我对龙观多年的自然探索经历，以及植物专家的考察结果，择要作一介绍。

"天井山高不可攀，龙藏五窟绝人寰。鹿亭樊榭无多路，定有仙人此往还。"（清万斯同《鄞西竹枝词》）这首被广泛引用的诗的前两句，描述的就是位于龙观北部的天井山五龙潭的奇绝风景。五龙潭现为宁波著名景区，山高林密，峡谷幽深，原生态保存良好，在《宁波珍稀植物》这部专业著作中，五龙潭景区与四明山宁波市林场及其附近区域、宁海浙东大峡谷、宁海茶山、象山韭山列岛一起被划为宁波境内5个"需重点保护的关键区域"。这是因为，根据调查，五龙潭景区内至少存在20种本地珍稀植物，如六角莲、秋海棠、箭叶淫羊藿、华重楼、七子花、香果树、翅柱杜鹃兰、纤叶钗子股、带唇兰等。至于鸟类、昆虫、两栖爬行动物等，其种类也很丰富。

位于龙观中部的交坑大峡谷，森林植被之优良自不待言，山中有国家一级保护植物南方红豆杉。另外，就生物多样性之特色而言，

春雨中的清源溪

五龙潭的水

龙观南坑古道的溪流

这里最值得称道的是极其丰富的昆虫资源，无论是鳞翅目的蝴蝶与蛾子、蜻蜓目的蜻蜓与豆娘，还是鞘翅目的甲虫，在这里都可以看到很多。别的不说，这一带的蝴蝶种类就特别可观。2021年9月至11月，我专门在这一带做了几次蝴蝶调查，仅两个月时间，就在一条不足2公里的样线上拍到了约50种蝴蝶。

龙观东部地带，主要是围绕着乡政府的后隆村、金溪村、桓村村一带，靠近宽阔的章溪，地势相对平缓，中间明显凸起的是乌贼山。尽管此区域以街道、村庄、农田为主，但仍可以观察到多种多样的常见鸟类，包括在龙观其他区域较为少见的平原湿地型鸟类，如鹭科、秧鸡科乃至鸻鹬（héng yù）类的鸟。

深秋的龙观外牌楼水库

交坑大峡谷

龙观南部，连绵的山峰与海曙区鄞江镇、奉化区溪口镇接壤。根据本地博物学家林海伦老师的研究，这一带的山，是宁波丹霞地貌的集中分布区，山上多奇岩怪洞。这种独特的地貌也决定了这里多岩生植物，以兰科、苦苣苔科、蕨类植物居多，其中特色植物有大花无柱兰、小沼兰、毛药卷瓣兰、大花旋蒴苣苔、吊石苣苔、骨碎补等。最令人惊喜的是，林老师还在这一带发现了国家一级重点保护野生植物——中华水韭。

而龙观西部（含西南部）的山区，更是群山连绵，沟壑幽深，很多地方人迹罕至。我认为，这一带是龙观物种最丰富也最神秘的地方，其特色是陆生脊椎动物资源（鸟类、两栖类、爬行类、兽类）特别丰富。举例来说，宁波的无尾目两栖动物（通俗地说，就是指蛙与蟾）目前已知有24种左右，而通过我近10年的野外调查，仅在龙观一条溪流附近就已发现十几种，其中包括2021年才正式发表的两栖类新种"道济角蟾"，这简直令人感到不可思议。同时，这一区域的深山，应该也是龙观野生哺乳动物（兽类）最多的地方，包括豹猫、鼬獾、猪獾、果子狸、赤腹松鼠等。相信随着四明山生物多样性调查的深入、红外相机的布设，这里还会有更多令人惊喜的发现——事实上好消息已经来了，据新闻报道，2021年深秋，红外相机已经拍到了白颈长尾雉，这是一种被列为国家一级重点保护动物的珍稀雉鸡。而我个人最期待的，是在这一区域发现同为国家一级重点保护动物的中华穿山甲。在我多年的野外调查过程中，有当地人告诉我，曾在深山中看到"像蟒蛇的躯干"一样具有鳞甲的动物，怀疑是穿山甲。

是的，龙观的自然秘境，让人充满了无限期待。希望有更多的人关注这块美丽的土地，共同努力，发现并保护好龙观的生物多样之美。

中华水韭,国家一级重点保护野生植物

道济角蟾,2021年发表的中国两栖类新种

晨雾中的龙观半山村

高山上的云锦杜鹃

夏季的龙观四明山

秋天的大松湾古道

春风初拂四明山

武夷湍蛙

阳历2月,哪怕是地处江南的华东地区,也尚处于冬季,而没有真正入春。在气象上,连续5天的日平均气温稳定在10℃以上,才算进入真正的春天。在宁波,入春时间通常要到3月中旬前后。

但大自然才不会这么刻板无趣呢!是的,乍一看,2月的大地还是一片萧瑟,而你若走到山野之中仔细观察,却不难发现,大自然正以自己的方式默默告诉大家,春天的脚步越来越近了。

不信,且让我们一起走到龙观的四明山中,从高山之巅到溪畔山村,寻找一年中最早绽放的野花,观察日渐活跃的昆虫与鸟类,感受萌动的春意。

金缕梅开正当时

2020年2月18日,正值寒潮过后不久,天气晴冷,我想高山上的冰凌一定很壮观,就出发前往四明山。沿途经过了3道疫情防控关卡,在过了龙观乡政府后,经玄坛殿、磻(pán)溪村,过了遮坑,连续开了十几公里盘山公路,终于到了高山上。

山中多櫧(chá)木,一路上山,老远便可见其繁花满树,一片鹅黄,煞

檫木

是好看。檫木是一种高大乔木,在每年春寒料峭、叶未萌生之时,黄花便已盛开,抢先报给我们春天将临的消息。

快到山顶时停车,甫推开车门,一股清洌的空气便扑面而来。啊,这无人的山野的美好气息,多么沁人心脾!背阴处的山坡上,两天前下的雪犹未融化。蹲下来轻轻一摸,方知这雪触感很硬,更像是冰。薄薄的冰雪,盖不住碧绿的春草。这种草的叶子很好看,圆如荷叶,多白色绒毛,有点像虎耳草。岩石下面悬挂着成排的冰凌,短者20多厘米,长者超过1米,晶莹剔透,实在美极了。

忽见冰凌上方向阳的山坡上,金色的花儿缀满枝头,在逆光下熠熠生辉。一开始,我想当然地以为这也是檫木,便没有细看。后来,走到山路另一侧,见到也有很多这样的金黄色的花,心想檫木的花一般都开在高高的树

冰 凌

冠上,这么近的还没有见过,应该给它拍个特写。当我拿镜头凑近这些花时,才觉得异样:不对呀,檵木的花不是这样的!打个不那么妥当的比方:檵木的花,如蓬蓬乱发,"发丝"甚多;可眼前的花,多是三四朵簇生于无叶的枝条上,每朵花皆有4片金色花瓣,状如扯碎之丝带。另外,眼前的植株显然属于灌木,而非檵木那样的乔木。忽然,脑海中灵光一闪:莫非这就是传说中的金缕梅?赶紧用手机拍了照片,再用"形色"App识别,顿时又惊又喜,果然是金缕梅!

两三年前,我看到过报道,说林海伦老师在宁海县的高山上发现了一处正在开花的金缕梅种群。记者还在文中幽默地说,金缕梅是"恐龙赏过的花"。其意思是说,作为植物界的活化石,金缕梅距今已有6000万年以上的历史,曾跟恐龙共同生活在地球上。

金缕梅属于金缕梅科金缕梅属,通常生长于海拔600米以上的高山上,是冬末春初理想的观花植物。大家对于金缕梅可能不熟悉,但或许见过一种城市绿地里的常见灌木,即红花檵(jì)木,其花期是在春季,花很密集,花瓣形状和金缕梅的花一样为带状。另外,四明山中还有常见野生植物檵木,也是金缕梅科植物,开的是白花。

在龙观拍到金缕梅后,我随即打电话给林海伦老师,告知他这个花讯。林老师一听非常高兴,连声说:"好,好,好!"两三天后,他也特意来到这里拍摄金缕梅。大家知道,在2020年初,由于突发的新冠疫情,大家出门都不方便。直到2月中下旬,随着国内疫情防控形势明显趋稳,我们才有机会多到野外走走。在这种情境下,能到山野中呼吸新鲜空气,欣赏草木芳菲,真的是倍觉自由之可贵、自然之美好!

高山上的金缕梅

金缕梅花朵特写

山下蜂蝶渐闹猛

2021年2月中旬，我又到老地方观察植物。我注意到，哪怕是在气温明显偏低的高山上，在路边只要是阳光照得到的地方，已经有宽叶老鸦瓣、刻叶紫堇、三叶委陵菜等野花零星绽放。其中，三叶委陵菜的花我还是第一次拍到。它的花跟同属于蔷薇科的蛇莓的花极相似，若不是我注意到它的叶子与蛇莓的明显不同，险些就被它"骗"过去了。

忽然，见到一只蝴蝶停在一根枯枝上一动不动。它的翅膀的反面是很浅的黄色，带有明显的黑色脉纹，但双翅皱巴巴的，似乎打不开。我以前没见过这种蝴蝶，后来请教了朋友方知这是黑纹粉蝶，它本该是一年中最早化为成虫的蝴蝶之一，可惜由于蛹的畸形导致羽化失败，翅膀无法展开。

到了山下，沿着附近的山路随便走走，看到了更多野花。春天的第一批蒲公英开花了，朵朵金黄的

羽化失败的黑纹粉蝶

蒲公英

老鸦瓣

宽叶老鸦瓣

花儿，贴地绽放，在阳光下特别显眼。此时的蒲公英，大都十分低矮，叶片几乎全贴在地面上。如果不是因为开花，你几乎不可能注意到它的存在。

蹲下来拍花的时候，常可看到草丛里有不少刚萌生的蕨类植物，其造型甚似握紧的小拳头，而且毛茸茸的，非常可爱，让人不由自主地感受到新生命的美好。

忽然看到了又一种早春明星野花——老鸦瓣，这种野花不惧2月春寒，早早就孕育了花苞，不过它们只在阳光明媚的时候充分绽放。老鸦瓣属于百合科，原先被划入郁金香属，前些年被划入单列的老鸦瓣属，其花形跟郁金香有点相似。老鸦瓣的叶子细长碧绿，状如韭菜；状如花瓣的花被片为白色，背面有紫红色条纹，清丽素雅，气质宛如小家碧玉。

到2月底，宽叶老鸦瓣也进入了盛花期。在龙观的山里，尤其是

半山腰以上的地方，不难看到这种美丽的野花。对于老鸦瓣与宽叶老鸦瓣，我们不难辨别：老鸦瓣的叶子非常窄而细，长度远远超过花葶；宽叶老鸦瓣的叶子明显比较宽，且比花葶长不了太多；老鸦瓣的花为白色，具明显紫色条纹，而四明山里的宽叶老鸦瓣的花通常为粉红色。

那时，山莓、格药柃、四川山矾等都开花了，引来了不少蜜蜂。山路边的山莓特别多，朵朵白色小花悬挂在多刺的枝条之下，已有宽边黄粉蝶等蝴蝶在贪婪地吮吸着花蜜。到了5月，我们就可以品尝山莓甜美多汁的果实了。

山莓与宽边黄粉蝶

野果引得飞鸟来

2021年2月下旬，宁波知名植物达人小山老师发来鸟儿吃野果的照片，问我这是什么鸟。我一看，顿时又惊又喜，原来是小太平鸟在吃槲寄生的果实。一问，原来是在龙观雪岙村拍的。我知道那里的溪畔全是枫杨老树，树干上有很多槲寄生，但我从未拍到过鸟儿吃果实的场景。

于是，我次日就前往雪岙。时值早春，枫杨的新叶还没有长出来，故溪畔开阔而亮堂，不像夏天那样遮天蔽日，因此很容易就能看到一丛丛槲寄生。槲寄生是一种常绿半寄生小灌木，可以从寄主植物上吸取水分和无机物，进行光合作用制造养分。它的茎与枝均为圆柱形，肥厚的叶片对生于枝顶。深秋，槲寄生结出球形的小浆果，鲜亮的果实可以一直挂到次年早春，是乔木落叶后不可多得的美丽的观果植物。

这些黄色的浆果很受鸟类欢

小太平鸟

迎——毕竟，在冬季与早春，食物来之不易，而槲寄生的果实数量很多，可以让小鸟们美餐好几顿。其实，这也正是槲寄生传播自己的种子以进行繁殖的主要办法。这些好看的小浆果富有黏性，鸟儿将果实吞下去后，种子随着粪便排泄出来，重新粘在树上，慢慢萌发出新的一丛槲寄生。而且，研究表明，经过鸟儿消化道"加工"的槲寄生种子，更容易萌发。有时，鸟儿边啄食边在树干上蹭自己的嘴，这样也顺便把种子粘在了树上。

我在溪边站了一会儿，先看到几只领雀嘴鹎在吃槲寄生的果实。这种绿色小鸟长着象牙色的喙，是宁波山里最常见的鹎科鸟类。稍后，我看到一只小太平鸟飞到溪边喝水，紧接着又有好几只飞了过来，然后它们一起飞回到了树上，边啄食果实，边发出"唧唧啾啾"的喧闹而欢乐的叫声。那天，我总共看到20多只小太平鸟。

中国的太平鸟有两种，即太平鸟与小太平鸟。它们之间的区别很小，最直观的差异是：太平鸟的尾羽末端为鲜黄色，而小太平鸟的尾羽末端是绯红的。在宁波，这两种鸟都是冬候鸟或迁徙路过的"旅鸟"，太平鸟难得一见，小太平鸟则相对比较容易见到，而且一旦见到往往就是一群。

小太平鸟的繁殖地在遥远的北方，每年冬天它们会南下觅食。显然，这群出现在雪窦的小太平鸟正处在北迁的过程中。对它们来说，只有一路"吃好喝好"，贮备更多的能量，才能平安返回遥远的繁殖地。

2月春寒犹料峭，而野花、昆虫和鸟儿们却已分明"听"到了季节转换的节奏，感受到了躁动的春意。那么，在温暖的室内蛰伏了一冬的我们，是不是也该多到大自然中去走走了呢？

领雀嘴鹎吃槲寄生果实

小太平鸟吃槲寄生果实

三叶委陵菜,花与蛇莓相似

初生的蕨类植物

三月里的樱花谷

毛茛叶报春

"山深未必得春迟,处处山樱花压枝。桃李不言随雨意,亦知终是有晴时。"(南宋方岳《入村·其二》)我很喜欢这首小诗,它简洁、隽永,非常形象地写出了深山早春那种清新、安静而优美的感觉。我觉得,用这几句诗来描述3月里的铜坑与南坑再合适不过了。

这两个小村均为龙观龙溪村所属的自然村,藏于四明山深处,大部分村民已搬离,如今主要是一些老人因难舍故土而依旧居住在那里。喜欢热闹的人,或许嫌此地太偏僻;而像我这样热爱自然之野趣的人,却偏爱她们的幽静与娴雅——尤其在野樱花盛开的春日。

铜坑幽谷:樱花烂漫惹人醉

林海伦老师说,龙观的南坑、铜坑及附近溪口镇的商量岗一带,野樱花生长较为集中,是绝佳的观赏点,因此每年3月中旬,他都会到那一带去赏樱。对此,我深有同感,也几乎每年3月去那里踏春。不过,我尤其喜欢到铜坑赏樱,我把那里称为龙观的樱花谷,因为那里的野樱花最密集,观赏效果最好。

铜坑山坡上的野樱花

  2020年3月,一个晴好的周末上午,我驾车驶过雪岙村,沿着清源溪畔的公路前行,两三公里后便到了一个丁字路口。抬头一看,发现对面山坡上有一丛丛或粉或白的野樱花盛开,在新叶未生的落叶林中特别显眼,顿觉春天的气息扑面而来。

  在这个路口,若沿左前方行驶,路的尽头就是南坑;而右转经过石鼓门水库,道路越发清幽,到底便是铜坑。那天,一路过去,但见山脚的山鸡椒盛开着满树黄绿色的小花,看上去特别清新悦目,这是一种樟科木姜子属的落叶灌木或小乔木,二三月间开花。

  几分钟后,就来到处在大山怀抱中的铜坑。村口有个开阔的小广场,可以停车,晴朗的夜晚在这里仰观星空想必很不错。清澈的溪流穿过宁静的小村,村里的建筑已然不多,且多为石木结构的老房子。沿着溪流走,左拐,忽见几枝桃花从石墙后探出头来,在微寒的风中轻轻摇曳。墙角,珠芽尖距紫堇也

早春铜坑的溪流

开满了粉紫色的小花。这个名字里的"距"就是指花的"小尾巴"（通常是储存花蜜的地方），而"尖距"是形容这种紫堇的花的尾巴特别尖。

阳光下，路边盛开着阿拉伯婆婆纳的蓝色小花，仿佛满地都是绽开笑脸的小星星。忽然，一只熊蜂闯入了花丛中，想吸食花蜜。这笨重的家伙在里面横冲直撞，把柔弱的花儿弄得东倒西歪。

沿着溪畔小路，在幽静的山谷中步行不到百米，忍不住"啊"的一声，发出由衷的赞叹。原来，就在左前方，溪流之上的整个山坡都可以用"灿如云霞"来形容。是的，漫山遍野，全是盛开的野樱花！此时，太阳刚从山脊线背后升上来不久，阳光斜斜地穿透了满树粉白的娇弱花瓣，让每一棵树都闪闪发亮。有那么一瞬间，我下意识地屏住了呼吸，连举起相机拍摄都忘记了。

如果说，山坡上的野樱花只能远观，那么溪边的花儿就可以好好地近赏了。这地方很难得，就在临溪的山路边，长了好几株不高的浙闽樱，开着雪白的花。不过，要识别野樱花的种类，别说我这样的仅为普通爱好者的植物外行，就连林海伦老师这样的专业人士也说不容易。他说，宁波的野樱花种类有很多，如迎春樱、浙闽樱、钟花樱、山樱花、大叶早樱等，要鉴定种类颇为不易，原因是它们开花时不见叶，而长叶时通常花已落，故难以找到一些鉴别特征。

林老师说，铜坑的山里，常见的有浙闽樱与迎春樱，两者比较直观的区别在于：浙闽樱的花梗明显比迎春樱的要短些，因此浙闽樱的花朵看上去密集如花团，不像迎春樱的花朵比较松散且下垂；而且，浙闽樱的花梗上有很密的柔毛，而迎春樱的花梗几乎光滑无毛。

石鼓门水库：碧水恍若九寨沟

那天，赏完野樱花，返回时又经过石鼓门水库，忍不住靠边停车。这是一个极为清澈的小湖，才巴掌那么大，但水色之蓝，真的让人沉醉，令每一个见过它的人都赞不绝口。有人说，这里的水色，很像九寨沟。至于原因，据说是铜坑有过铜矿，故这里的水富含铜离子，才显得特别蓝。

不过，每次面对自然界绚丽多姿的色彩，我都深感自己文字的无力。就像面对石鼓门水库，我实在难以说出这湖水之蓝到底有多少种蓝。天蓝、铜蓝、深蓝、浅蓝……都有，但还是不够。尤其是，当岸边的湖水倒映着绿树，那种闪烁的金属蓝与清新的新叶绿，就更好看，也更难描述了。

路边的野花很多，特别是刻叶紫堇，那可真的是一大片一大片，很少见到开得这么密集的。与珠芽尖距紫堇相比，刻叶紫堇的距就显得"钝"很多了，但小花之精致，是一样的。早春，四明山的山路边，罂粟科紫堇属的野

石鼓门水库蓝幽幽的水

花最为多见,除了珠芽尖距紫堇、刻叶紫堇,常见的还有黄堇、夏天无(也叫伏生紫堇)。

拍完刻叶紫堇,忽然惊喜地看到路边还有很多毛茛叶报春,小花为淡淡的粉紫色,简洁而精致,有的还挂着晶莹的水珠。在浙江有分布的报春花属野花很少,总共才两种,即毛茛叶报春和安徽羽叶报春。毛茛叶报春的野生种群已比较稀少,需要加强保护。

"水光潋滟晴方好,山色空蒙雨亦奇。"这是大诗人苏东坡赞美西湖的名句,拿来形容四明山的山水之美,也未尝不可。我喜欢晴日里的石鼓门水库,也爱3月细雨里的她。2021年3月中旬,在一个春雨飘飞的日子,我又来到铜坑,独自在水库边发了好一会儿呆。

早春的石鼓门水库

  那时，洁白的云气在黛色的山顶缓缓流动，犹如一幅水墨山水图。小雨淅淅沥沥，打在山脚的湖面上，溅起朵朵水花，荡起微微的涟漪。湖畔的小树，或新叶簇生，或小花朵朵，生机盎然。

  几只小䴙䴘（pì tī）在湖面上悠游，不时潜入水下捕捉鱼虾。这是本地常见的小型水鸟，因身体扁圆，常在水面浮浮沉沉，故有个俗称叫作"水葫芦"。它们的出现，给小湖平添了一份灵动。

  2021年3月底，我路过石鼓门水库时，还偶然见到四五只鸳鸯，但它们马上飞走了。很显然，这几只鸳鸯是在往北迁徙的过程中在这个小湖里暂歇的。

南坑古道：赏花观鸟两相宜

上文说过，在那个丁字路口，右转是到铜坑，而靠左前行是到南坑。跟铜坑一样，南坑这个小村里的居民也已经很少。村后有一条古道，沿着它一直上山，可以到达奉化的商量岗。不过，这条古道较为残破，加上路边植被茂盛，因此不适合天气热的时候去走，而在深秋至早春，山中木叶摇落，视野开阔，不妨一行。

我在不同季节去过南坑多次，多数沿古道走到半山腰即返回。不过，在2017年3月8日，我独自走到接近山顶的位置才下山，沿路拍花观鸟，很有乐趣。虽说南坑一带野樱花也很多，但在这里，就不再多作介绍了。

山路边的石缝里、落叶堆中，长萼堇菜开花了。这是极不起眼的小花，但你若蹲下身来细瞧，就会觉得她真的有点像披着紫色头巾的村姑，颇有小家碧玉的俏丽风姿。早春也是堇菜属野花的天下，除了长萼堇菜，还可见到白花堇菜、紫花堇菜、如意草等。那天，我还见到了只生长在山区的南山堇菜。这种堇菜很有识别度。首先，它的花通常为白色，比其他堇菜的花要大；其次，它的叶子深裂，呈爪状。

风和日丽，沿着古道缓步上行，一路鸟鸣不绝。听到最多的，是大山雀（也叫远东山雀）的鸣叫声："吱吱嘿，吱吱嘿！"黄腹山雀与红头长尾山雀也不难见到，这是两种非常微小的鸟，鸣声也很轻。忽然，树林中传来"喵喵"的叫声，这可不是小猫，而是黑短脚鹎的声音。附近的竹林里，不时传来轻柔的"铃铃，铃铃"声，很似电话铃声，不用说，那是害羞的棕脸鹟（wēng）莺在唱歌。这是一种娇小美丽的鸟儿，有着标志性的棕黄色的脸颊，虽然常听见其鸣声，但难觅其影。

跟棕脸鹟莺一样"只闻其声不见其鸟"的，是一位著名的"早春歌唱家"强脚树莺。这小家伙经常躲在树冠的茂密处高声鸣唱，因此很难找到。

黄腹山雀

黑短脚鹎的鸣叫有时很像猫的叫声

武夷湍蛙是最早出蛰的山蛙之一

它的歌声抑扬顿挫，非常悠扬、美妙。台湾观鸟人士这样模拟（其实是打趣）它的歌声："你……回去！我……不回去！"

那天，除了鸟鸣，居然还听到了从溪流中传来的蛙鸣。我很熟悉这个声音，以前在龙观夜拍的时候经常听到，毫无疑问是武夷湍蛙的雄蛙在鸣叫，这声音类似"喈，喈"，可以传得相当远。后来，我循声去找，果然看到一只小小的武夷湍蛙趴在溪边的石头上鸣叫。地气渐暖，山蛙也结束冬眠了。

那天到了山的高处，见到一个非常漂亮的小型三叠瀑布，清澈的溪水被"扯"成无数的细条挂了下来。瀑布旁的开阔地上，有很多盛开的宽叶老鸦瓣。而在巨石的一角，有几丛开得很密集的小花，我知道它们是虎耳草科金腰属的植物，但当时不能识别具体是哪一种金腰，后来看了林海伦老师的文章方知是柔毛金腰。

眼看时候不早，我匆匆下山。深秋时节，这条古道上有很多好看的野果，有的只能赏，有的则可以吃，不过这里先不展开了，因为那是另一篇文章的内容了。

棕脸鹟莺

大山雀

强脚树莺

不管晴日还是雨天,野樱花的美都让人陶醉

刻叶紫堇,花序特写

刻叶紫堇群落

夏天无,也叫伏生紫堇

毛茛叶报春,宁波唯一的报春花属野花

长萼堇菜

南山堇菜,叶深裂,呈爪状

珠芽尖距紫堇,花的"尾巴"明显比刻叶紫堇更尖

阿拉伯婆婆纳与熊蜂

章溪的
自然秘境

红尾水鸲

    开阔、清澈的章溪,从龙观的东部蜿蜒流过,通过龙观大桥之后数百米,向左来了个大转弯,前往鄞江镇去了。章溪龙观段,我最喜欢的就是龙观大桥上下游各数百米的那一段。因为,在那一段(包括河畔的小山),无论赏其独特地貌,还是观鸟、赏野花,都很不错。

    当然,需要事先说明的是,这一地带虽具有丰富的生物多样性,但对于缺乏自然观察经验的人来说,恐怕并不容易体会到。我去过那里不下20次,为了拍到某些平时难得一见的动植物,还是花了很大力气。接下来,我就为大家分享一些自己的观察、探索经历。

"人头山"下有秧鸡

    在龙观大桥的下游,即龙观乡与鄞江镇交界处的章溪畔,有座当地人称为"老人头山"的小山。临溪耸立着很多巨岩,从某些角度看,有些巨岩很像老人或武士的头像,所谓"有鼻子有眼",还真像那么回事。民间传说称,"八仙"之一的张果老曾在此垂钓,谁知一不小心睡着了,竟一睡不起,化而为石。

这座山在《四明谈助》中也有记载,见"人头山"条:"岩石嶔崟(qīn yín,形容山的高大、险峻)数百仞,中悉作人面形,或倒或顺……盖大、小皎二水从樟村来,天井、灌顶水从后弄来,银山岙水从环村来,其势皆趋于东。人头山截然一塞,力挽狂澜,是为中流之柱。隔溪为东四明王家汇山,天然对峙作关锁。"

其实,这些高耸兀立的岩石属于丹霞地貌,主要由砂岩构成,容易因风雨、重力等作用而剥落成孔洞,故远看如人的眼、嘴等。这类岩石上常有一些独特的岩生植物,可惜章溪畔的这些巨岩过于险峻,没法上去一探究竟。

正由于"人头山截然一塞,力挽狂澜",兼之又接纳了来自对岸的溪水,这一段的章溪显得特别平坦、宽阔,是一片很美的溪流型浅水湿地。春天,岸边一片碧绿,碎米荠、野芹等草本植物的小花盛开;初夏,河面上常弥漫着洁白的雾气,小山、桥梁、车辆、人物……都在雾中若隐若现,两三只白

章溪畔的"老人头山"

白胸苦恶鸟

黑水鸡

红脚田鸡

鹭,不时在空中掠过,恍若仙境。

三四月间,特别是在早晨或傍晚,有时可以在这片湿地中听到一种持续不断的奇怪的鸟叫声:"姑恶,姑恶,姑恶……"这是白胸苦恶鸟的雄鸟在为了求偶而鸣叫,鸟名中的"苦恶"两字是形容其叫声的象声词。白胸苦恶鸟是属于秧鸡科的鸟类,在宁波比较常见。

秧鸡是典型的生活在湿地中的鸟类,性胆小,喜欢在芦苇丛、沼泽地、秧田等环境中像鸡一样行走觅食,故得其名。在龙观,我见过3种秧鸡科的鸟,除白胸苦恶鸟外,还有黑水鸡与红脚田鸡(也叫红脚苦恶鸟)。黑水鸡在宁波很常见,在平原湖泊、河流中都有分布,而红脚田鸡在本地则相当少见,我偶尔遇见过几次,都是见它们在章溪岸边悄无声息地行走。

溪石滩上宜观鸟

在龙观大桥的上游,也就是从后隆村到金溪村的章溪段,在非汛期,如早春与秋冬,上游来水(如泄洪)相对较少,因此会有大面积裸露的多石的溪滩。一般人可能想不到,在这些石滩上同样可以看到不少鸟,有的还是不常见的水鸟。

在这多石的溪流中,红尾水鸲(qú)是一年四季都能容易见到的鸟。其雄鸟为蓝黑色,具有鲜红的尾羽,有时会如孔雀开屏一般把尾羽瞬间打开,仿佛在炫耀它的健美;雌鸟看上去朴素很多,整体为淡灰色,尾羽白色。春天的时候,常可看到它们成对活动,在露出水面的石头上轻快地跳跃式飞行,迅捷地捕食空中的小飞虫。红尾水鸲的鸣声类似于拖长的"居……

章溪的石滩

居……",虽然并不响亮,却具有一种奇异的穿透力,能轻易"刺破"潺潺的急流声,传向远处。

到了冬天,随着冬候鸟的来临,溪畔可以看到的鸟还会更多一些。2021年12月初,一个晴朗的周末上午,我拿着相机,独自漫步在溪滩上,往上游走去,边拍风景边寻找鸟儿。没走多远,就看到一只灰色的鹬(yù)发出"唧,唧"的尖叫声,快速向对岸飞去。举起长焦镜头一看,原来是一只白腰草鹬,它正站在石块之间的水里,身体后部习惯性地上下抽动着。鹬,即成语"鹬蚌相争,渔翁得利"之"鹬",是一类涉禽,通常腿较长,喙也长,常在浅水中行走觅食,以海边最为多见。白腰草鹬是华东地区的常见冬候鸟,不过这种鸟通常不出现在沿海滩涂上,而是在内陆的河岸、池塘、水田环境里更容易看到。在章溪边,也常可见到它们的身影。

往前继续走了一段路,又见一只灰色的鸟儿飞了起来,没飞多远就重新降落到石滩上,顿时不见了

北红尾鸲，宁波最常见的冬候鸟之一

白腰草鹬，四明山溪流中常见

长嘴剑鸻，喜欢石滩的少见鸟类

踪影。从飞行姿势看，它显然不是白腰草鹬，我用长焦镜头充当望远镜仔细搜索前方，终于又看到了，原来是一只长嘴剑鸻（héng）！只见它正不紧不慢地在石滩上走，其羽色跟石头的颜色十分接近，具有相当好的隐身效果。长嘴剑鸻也是宁波的冬候鸟，但比较少见，它们喜欢栖息在多砾石的溪流畔。多年前，我在章水镇附近的章溪边见到过这种鸟，没想到这次在龙观也看到了。快到金溪村的时候，又在溪边看到两只。

  一只普通翠鸟（对，它的正式中文名就叫"普通翠鸟"）正待在溪中的石头上，它的眼睛紧紧盯着水面，是在寻找小鱼。我猫着腰，悄悄靠近它。专注于寻找猎物的小家伙并没有觉察到我，忽然，它起飞了，高速扇动着双翅，悬停于空中，低头寻找捕食对象。普通翠鸟在这一带较常见，我还曾看到一只翠鸟吞食一条对它来说显然过于庞大的鱼，费了好半天才吞下去。

  那天，在溪边或溪流中，还见到了不少黄腹鹨（liù）、白鹡鸰（jí líng）、灰鹡鸰等常见鸟类，上岸后，见到北红尾鸲、树鹨这两种宁波常见冬候鸟在溪边的枫杨树上活动，限于篇幅，这里就不多介绍了。但必须得提一下的是，那天还观察到了一个我以前从未见过的有趣现象：在路边的乌桕树上，一对红尾水鸲居然在使劲啄食那满树绽裂的白色果实！红尾水鸲以善于抓捕溪流上空的小飞虫而著称，真没想到它们也会吃乌桕的果实。看来，由于冬天昆虫太少了，鸟儿在食物方面也只好将就将就了。

红尾水鸲吃乌桕果实,难得一见

普通翠鸟

黄腹鹨

白鹡鸰,是宁波四季可见的留鸟

灰鹡鸰,宁波的冬候鸟,主要生活在溪流边

山中幽径寻野芳

上面着重介绍了一些以章溪为家的鸟儿,接下来再介绍一下我在章溪畔的山中见到过的一些特色植物。龙观大桥上游的西岸,是乌贼山;而下游的东岸与西岸,按照《四明谈助》的说法,分别是"人头山"与"王家汇山"。这几座小山,均以丹霞地貌为特色,山中多砂石巨岩。受益于宽阔的章溪带来的充沛水汽,山中岩壁上多岩生植物,其中不乏珍稀兰科植物。

3月底到4月上旬,在山中幽深处的少数岩壁上,有大花无柱兰盛开。这是一种浙江特有的珍稀濒危植物,最高只有十几厘米。它们总是生长在布满青苔的湿漉漉的石壁上,只有一枚长在基部的绿叶,花葶纤细,通常在顶部开一朵花,极少数具有两到三朵花。淡紫红色的小花非常精致,排在一

大花无柱兰,模式标本产于宁波的珍稀野花

小沼兰

红花温州长蒴苣苔

起的话,看起来就像一群小精灵在绿地毯上迎风摇曳,特别清丽可爱。

很多时候,在大花无柱兰的旁边,就能发现小沼兰。小沼兰的植株更小,卵形的绿叶几乎平铺在常年渗水的岩壁上,一根花葶上居然有10—20朵极小的黄绿色小花——实在太小太小,需要用放大镜才能看清楚一朵花。它们成片地绽放在缺乏阳光的岩壁上,路过的人根本不会看一眼,低调又美丽的它们,就像隐于尘世的君子。在个别巨岩的高处,还生长着稀有的毛药卷瓣兰,其花期跟大花无柱兰差不多。

在章溪畔一个极荒僻的、难以进入的阴湿沟谷中,生长着属于苦苣苔科的红花温州长蒴苣苔,每年春末开花。它是"宁波市植物资源调查及数据库建设"项目组在调查中发现的。我曾有幸跟着林海伦老师进山见到这种珍稀植物。红花温州长蒴苣苔为温州长蒴苣苔的一个新变型:后者的花冠为白色,而前者的花冠为淡紫红色,这是两者的主要区别。

目前所知,在四明山中有分布的苦苣苔科植物总共才6种,都不常见:

旋蒴苣苔

大花旋蒴苣苔

苦苣苔、旋蒴苣苔、大花旋蒴苣苔、吊石苣苔（俗称"石吊兰"）、半蒴苣苔（也叫"降龙草"）和红花温州长蒴苣苔。在龙观的山区，这6种植物都有分布，它们的花都很好看。苦苣苔、旋蒴苣苔与大花旋蒴苣苔的花期均在夏季，后两者有时可以在同一块岩壁上看到，它们的花都为蓝紫色，花的形状也很相似，但后者的花朵明显比前者更大。吊石苣苔与半蒴苣苔的花期是在夏末。

除了特色鸟类与植物等，在章溪及其附近的山里，还生活着一种珍稀的两栖动物，名叫中国瘰螈，其模式标本就产于宁波。限于篇幅，将其留到另外一篇描写龙观两栖动物的专题文章中再作讲述。

华顶杜鹃

杜鹃声里赏杜鹃

"杜鹃来时杜鹃红,杜鹃声里赏杜鹃。"这句不是诗,而是我随口胡诌的,读起来有点像绕口令。大家知道,在汉语里,杜鹃有两个含义,一是指杜鹃科的鸟类,二是指杜鹃花科的植物。在中国的大部分地方,杜鹃是夏候鸟,春天的时候从南方飞到北边的繁殖地,就像家燕一样。而此时,也正是各类杜鹃花盛开的时候。

龙观也分布着多种杜鹃鸟和杜鹃花,特别是在观顶村与磻溪村以上靠近山顶的地方,每年春天都是观赏各种杜鹃花的上佳之地,其中包括绝美的高山杜鹃——云锦杜鹃。在这里,就按先鸟后花的顺序为大家介绍一下龙观的杜鹃。

万壑树参天,千山响杜鹃

杜鹃科的鸟有很多种,其中不少以善啼闻名,如大杜鹃(即俗称的布谷鸟)、四声杜鹃、八声杜鹃、鹰鹃、噪鹃、红翅凤头鹃等。杜鹃鸣叫时声音比较响亮,嘴张得很大,口腔颜色鲜红如血,因此被古人附会为"杜鹃(亦称'子规')啼血",常用它来寄托一种哀伤的心情。后来,因映山红之类的花

瓣鲜红,似杜鹃啼血所染红,故这类植物也被称为杜鹃。唐代大诗人李白写过一首《宣城见杜鹃花》,就把杜鹃鸟与杜鹃花合写在一起,诗云:"蜀国曾闻子规鸟,宣城还见杜鹃花。一叫一回肠一断,三春三月忆三巴。"

"万壑树参天,千山响杜鹃。"(唐王维《送梓州李使君》)这句诗描述了杜鹃的生活环境及其善于鸣叫的习性。那么,在龙观的山区,春天时可以见到哪几种杜鹃?就我个人而言,已记录到3种,即大鹰鹃、噪鹃和红翅凤头鹃。说起来,大杜鹃虽然常见,但在宁波似乎在海边的芦苇荡一带更容易见到,而在四明山里我未曾见过(也未曾听到叫声)。

先来说一下大鹰鹃。大约从4月中旬开始,不管是白天还是晚上,在龙观的四明山脚,常能听到一种响亮的三音节的鸟叫声,类似于"贵贵,阳!贵贵,阳!"前两个音节重而清晰,第三个音节很弱。这就是大鹰鹃在叫。但是,若循声而去,企图看到这只鸟,却十之八九会失败。因为它喜欢躲在茂密的树冠中鸣叫,很难被找到。

顾名思义,大鹰鹃就是长得比较像鹰的杜鹃。说来也巧,多年前的春天,我在拍鸟时曾见到一只"鹰"迎面飞来,就停在我眼前的树上。事后才知道,它不是猛禽,而是大鹰鹃。

跟大鹰鹃爱"躲猫猫"的习性一样,噪鹃也经常"只闻其声不见其鸟"。从其名字就可以知道,这种杜鹃的鸣叫声非常响亮、吵闹。每年春末,在龙观章溪畔的树林中,我都会听到噪鹃那嘹亮的叫声"喔哦!喔哦!",而且越叫越响,持续不断。我曾用望远镜仔细搜索,无奈大树的枝叶过于繁茂,我怎么找都找不到它。因此,非常遗憾,迄今我还没有拍到过噪鹃。

相对而言,外貌远比鹰鹃和噪鹃漂亮的红翅凤头鹃,倒是给了我一点"面子"。2021年5月,我在龙观的高山村、观顶村那里拍野果的时候,偶然听到了红翅凤头鹃的典型鸣叫声。这种鸟的叫声虽然粗糙难听,但其鸣唱声却颇为动听,而且很有辨识度。它的"歌词"很简单,为两音节,音调比较

大鹰鹃

红翅凤头鹃

正在鸣叫的红翅凤头鹃

高:"嘟,嘟!嘟,嘟!"重复很久,老远即可听到。尽管当时在观顶村没能找到它,不过不久之后我在四明山其他地方拍到了。

回看桃李都无色,映得芙蓉不是花

说完了杜鹃鸟,再来欣赏杜鹃花。

在宁波境内,目前已知至少分布着7种野生的杜鹃花科杜鹃属的植物,它们分别是:映山红、普陀杜鹃、华顶杜鹃、满山红、马银花、羊踯躅、云锦杜鹃。在龙观,我见到过其中的4种,即映山红、满山红、马银花和云锦杜鹃。

映山红是四明山中最常见的杜鹃花,从山脚到山顶都有分布。映山红3月开始绽放,而盛花期在4月,高山上的花期可以持续到5月上旬。其花冠鲜红或深红,十分艳丽。有意思的是,映山红似乎喜欢扎根在多岩石的区域,我经常看到,一些长在悬崖或巨岩上的植株的花开得特别茂盛。

映山红

在龙观若要欣赏映山红等杜鹃花,我推荐这条路:从山脚沿盘山公路经磻溪村到山顶,沿途皆可赏花。有时,从巨岩的顶部挂下一道道由无数深红的鲜花组成的小型"花瀑",十分壮观。白居易诗云:"回看桃李都无色,映得芙蓉不是花。争奈结根深石底,无因移得到人家。"诗中所赞美的就是以映山红为代表的杜鹃花。

在一段路上,还有一种杜鹃花也很多,那就是马银花。这是一种常绿灌木,花为淡紫色,花冠上方的裂片内面有深紫色的斑点,故不难识别。马银花的花总是数朵聚生于枝顶的叶腋,看上去特别密集。其花期与映山红重叠,因此在山路边常可看

马银花

熊蜂在吸取马银花的花蜜

到这两种杜鹃花开在一起,或鲜红,或淡紫,风情万种。熊蜂等昆虫在花丛中飞舞、采蜜,好一派美好、热烈的春光!

相对而言,另一种开紫色花的杜鹃即满山红,可就少见多了。在龙观,我每次见到它们,都是在海拔600米以上的高山上,和云锦杜鹃相邻。满山红的叶片通常是三片集生于枝顶,因此又被称为"三叶杜鹃"。与同为开紫色花的马银花相比,我觉得满山红的花色更浅一点,有时看上去有点偏白。另外,马银花的花冠上方的裂片内面的斑点为深紫色,而满山红在相同位置的斑点为红色,这也是两者的区别所在。

满山红,在宁波较少见,主要见于高山上

满树繁花胜烟霞，疑为云锦天上来

在龙观的山中，颜值最高的杜鹃花，毫无疑问是云锦杜鹃。

可能很多人会特意跑到台州天台县的华顶山，去观赏这种著名的高山杜鹃。其实，在离宁波城区不远的四明山的高山上，也有这种美丽的杜鹃，我们大可不必舍近求远跑到天台去赏花。

云锦杜鹃为常绿灌木或小乔木，在宁波主要生长于海拔500米以上的山上。它是典型的高山杜鹃，在低海拔地带很难存活。到龙观赏云锦杜鹃，有两条路线可走：一是经磻溪村，一直往上，过了遮坑自然村后，只要留意，就不难在路边发现云锦杜鹃；二是经半山村，一路上行到观顶村附近，也能在路边看到少量云锦杜鹃。这两条路线在百步岗附近汇合，而百步岗一带的云锦杜鹃更多。

至于赏花的时间，在《浙江野花300种精选图谱》一书上，云锦杜鹃是被列为"夏花类"的，说其花期为5—6月。我估计，在省内不少地区，云锦杜鹃分布在海拔更高的位置（比如1000米以上），因此花期更晚。而在龙观，云锦杜鹃分布地带的海拔通常为500米到600多米，因此花期较早。个人认为去看花的时间以4月下旬与5月初为宜。近年来，我常去龙观拍摄云锦杜鹃，发现在多数情况下，过了"五一"假期，云锦杜鹃已到花期末尾。而令我惊讶的是，2021年4月16日上山时我就看到已有不少云锦杜鹃绽放。一周后再去，则发现已到盛花期。这是我历年来观察到这里的云锦杜鹃开花最早的一次。

就"气质"而言，云锦杜鹃可谓与映山红、马银花之类的普通杜鹃花完全不同，因此被林海伦老师称为"超级杜鹃"。为什么这么说呢？首先，其植株相当高大，最高可达7米；其次，叶子也很大，呈长圆形，摸上去为厚革质；至于花，也远比映山红的花要大，完全可以用"硕大"来形容。云锦

云锦杜鹃是一种高山杜鹃,花大色艳

云锦杜鹃的伞形总状花序

杜鹃的花序属于"伞形总状花序",顶生,具6—10朵花,未绽放时,花苞为紫红色,开放后花瓣为很浅的粉色或白色中带有红晕,娇艳动人;同一个花序上,花朵绽放有先后,色彩的层次很丰富,有花团锦簇、雍容华贵之感。故每到盛花期,但见繁花满树,灿如云霞,美不胜收,委实不负"云锦"之名。

至于另外3种我未曾在龙观见过的杜鹃花,也值得在最后适当作一下说明。普陀杜鹃开紫红色的花,与鲜红的映山红不同。但一般认为,它其实是映山红的变种,因为除了花色与后者不同,两者并无其他区别。普陀杜鹃主要分布在浙东滨海地带,在内陆的四明山中未见分布。

羊踯躅的花朵为金黄色,鲜艳夺目,与本地其他杜鹃的花色截然不同。但这种植物有毒,食之对人畜均有害,故又名"闹羊花"。羊踯躅其实在全省各地的山区都有分布,在宁波却不常见。但我想,或许在龙观的某个地方也能找到它。

至于被列为珍稀植物的另一种高山杜鹃,即华顶杜鹃,在与龙观山区紧邻的奉化商量岗一带就有分布(也是林海伦老师的发现)。因此,我很期待将来能在龙观的某个高山上发现这种美丽华贵的杜鹃。

杜鹃花的"瀑布"

春夏野果盛宴

空心泡

野果，是来自大自然的慷慨馈赠，既承载着很多人难忘的童年记忆，天然带着浓浓的乡愁，又是体现身边的生物多样性很重要的一方面。

每到春末，总会有几个朋友发图片给我，说是在山里见到的像"野草莓"的野果熟了，红红的，鲜艳欲滴，十分诱人，想吃又不敢吃，因此特意来问我：它们叫什么名字？到底能不能吃？

是的，当春天的盛大花事逐渐逝去，四明山里的第一批野果逐渐成熟，大家到野外可以采来大饱口福了！那么，春夏时节的龙观山中，主要有哪些可以食用的野果？它们长啥样？该如何分辨？在哪里可以找到？采食的时候有哪些注意事项？下面我就为大家逐一作简单介绍。

胡颓子

在春天的可食野果中，胡颓子无疑是最早成熟的。在唐代著名本草学家、宁波人陈藏器所撰的《本草拾遗》中，就有关于"胡颓子"的记载。陈藏器这样描述胡颓子："经冬不凋，叶阴白，冬花，春熟最早，小儿食之当果。"

秋冬时节，行走在龙观的山中，只要多加留意，在山路边不难看到一种

开着不起眼小花的常绿灌木,花很密集,悬挂在枝条下面;花的外形似微型吊钟,表面多褐色斑点。三四月间,果实由青变红,逐渐成熟。这些果子呈椭圆形,长度为1厘米多一点,表皮上也有不少褐色斑点,如细细的鳞片,果子的最下方还垂着一个小辫状的东西。成熟的胡颓子果实可以鲜食,口感鲜甜;也可以用来制果酱、酿酒,还能入药,具消食止痢之功效。

蓬 藥

接下来重点介绍几种蔷薇科悬钩子属的野果,这也是大家最"喜闻乐见"的一类野果。读过鲁迅《从百草园到三味书屋》一文的人,想必都不会忘记文中关于覆盆子的描写:"如果不怕刺,还可以摘到覆盆子,像小珊瑚珠攒成的小球,又酸又甜,色味都比桑椹要好得远。"鲁迅说的覆盆子,就是蔷薇科悬钩子属

胡颓子的花,秋冬开放

胡颓子的果实有时很密集

胡颓子果实熟透后口感鲜甜

的野果。

在龙观的四明山中,我见到过的悬钩子属野果有5种,分别是蓬蘽(lěi)、山莓、空心泡、掌叶覆盆子和三花悬钩子。其中,前两种极常见,后三种相对少见一点。它们的果期集中在春末夏初。

先来介绍蓬蘽,宁波人称之为"阿公公"。这种野果不仅在山里随处可见,如今连小区绿地中也不难见到。蓬蘽为落叶或半常绿的小灌木,最早于2月中下旬开花,3月及4月初为盛花期,花白色,生于枝顶。4月底就有第一批果实成熟,5月上旬为盛果期,果实红色,近球形,空心。蓬蘽到处都有,结的果实又多,常老远就能见到那红彤彤的一片,因此这是大家最熟悉的"野草莓"。它颗粒饱满,味道香甜,汁水充足,入口即化,确实好吃。

蓬蘽

蓬藟的花，小叶通常为3枚

蓬藟果实顶生

山 莓

跟蓬蘽一样常见,几乎随便哪条山路边都可能见到的,则是山莓,其花期、果期与蓬蘽的几乎同步。山莓为落叶灌木,早春时开白色小花,花朵朝下开放,故果实也挂在枝条之下。不过,采摘的时候要小心,山莓的植株多刺,连叶子背面的主脉上都长着像鱼钩一般的细刺。山莓的果是实心的,采摘时,总是会连着蒂头一起被摘下来。山莓的果期要比蓬蘽长一些,到5月

山莓,果实悬挂于枝条下

下旬,蓬蘽已经很少见,而山莓还挺多。较之于蓬蘽,我个人更喜欢山莓的味道,虽然它没有蓬蘽那么甜,但具有一种独特的奶香味,让人难以忘记。《浙江野果200种精选图谱》上对山莓的风味有如下描述:"味酸甜,含多种氨基酸,营养丰富。"

空心泡

相对而言,空心泡没有蓬蘽和山莓那么常见。不过,我在龙观雪岙村上游清源溪畔的山脚,倒是见到过一大片空心泡。有一年5月中旬,我在那里看到,鲜红的果实缀满了从上面挂下来的枝条,实在诱人极了。就像它的名字一样,其果实是空心的。

空心泡,果实顶生,小叶5至7枚

空心泡的花

空心泡

空心泡跟蓬蘽长得非常像,无论是花还是果,包括其口感都很接近。要区别这两者,可以数叶子,因为它们果实旁的叶子数量不一样:空心泡果实旁的小叶有5到7枚;而蓬蘽一般是3枚小叶,偶尔有5枚小叶。

掌叶覆盆子

相比于蓬蘽、山莓这类"大路货",掌叶覆盆子在龙观的山里确实不多见,有时可以在溪畔的山坡上看到。通常在5月中旬前后,第一批掌叶覆盆子果实成熟了,其果期可以持续到6月。这种植物为落叶灌木,叶子近圆形,有5处深裂,如叉开手指的手掌,故名"掌叶"。它的花是向下开放的,因此其果实也悬在枝条之下。

掌叶覆盆子的果实为球形,表面还有很多细细的白色柔毛。果实是实心的,尚未熟透的话,一口咬下去,会觉得中央部分有点硬,而熟的果就里外都比较软,口感鲜甜,跟山莓一样有股独特的奶香味,怪不得有的地方叫它"牛奶格公"。

掌叶覆盆子，果实大，口感佳

各种在宁波有分布的悬钩子属野果中，掌叶覆盆子果实的个头是最大的，往往要比其他几种大上一圈。由于果大、味道好、药用价值高，目前掌叶覆盆子在宁波不少地方已有人工栽培。

三花悬钩子

有一年"五一"假期，我在观顶湖附近的山路边，偶然见到了一种以前没有见过的悬钩子属植物，那时候正在开花，而且有很多。它的花跟空心泡的花很像，只不过小一圈。约一个月后，我又在老地方见到了它的果实。

这种植物显然是三花悬钩子，因为其特征实在太显著了，且不说紫红色的枝条，也不说叶子背面是灰白色的，单看果实的特征就可以：既然其名冠

三花悬钩子

以"三花"二字,自然是有3朵花长在一块儿,那么果实也必然是3颗并生在一起的。现场所见,正是如此:当初的"花开三朵,各表一枝",换成了"果结三枚,各占一枝"而已。三花悬钩子的果实光看外形,与山莓、空心泡等比较像,只不过还要略小一点,表面没有细毛。至于其口感,则与前述几种悬钩子属野果均不同,甜中偏酸,也是很好吃的。

三花悬钩子的花期与果期均比较晚,而且喜欢生长在海拔较高的山上,怪不得以前在其他地方没见过。在龙观的高山上,则不难见到它们。

地 苓

7月下旬,在龙观清源溪、交坑大峡谷等区域的山坡上,常能见到一种成片开放的美丽小花,那就是地苓(niè)。到8月中下旬,地苓的果实成熟了,好看,味道也不错。

地苓在长江以南广为分布,其植株十分矮小,通常丛生。地苓刚结的果实是鲜绿的,外形很像极小的流星锤。随着成熟度的增加,这小小的浆果慢慢变成红色、深紫色与黑色,有时不同颜色的果子长在一块儿,尤为好看。

花友孙小美在一篇文章里说:"(地苓)红到发黑的果子,摘一个,汁水把手指头染成了红色。吃一口,酸酸甜甜的,忍不住一边摘一边吃。"不过,我特意去摘了成熟的地苓果实尝尝味道,倒不觉得有如此美味,总觉得有股生涩的"青草味"。以后,大家进山,不妨也摘来品尝一下,或许每个人的口感都不一样。

地菍，常在林下成片开花结果

地菍的果实，成熟后变黑紫色

野山楂

野山楂在龙观的山里也有分布,这是蔷薇科山楂属的落叶灌木,老枝为灰褐色,而新生的枝条为红色,枝上多刺。果实像极了微型的苹果,通常在9月成熟。野山楂在全省山区广为分布,成熟的果实有红色、黄色与杂色3种不同的颜色,据说杂色的果实味道最佳,不过我在四明山里见到的果实均为红色。我曾摘来尝过,倒也酸甜可口,不足之处是水分较少,且口味略涩。

《浙江野果200种精选图谱》将野山楂归类为"梨果",可鲜食,亦可用来酿酒或制成山楂片、果酱。野山楂还是一味有助于开胃消食的良药。奉化的中草药达人邬坤乾老师告诉我,野山楂入药,可以有两种制法:一是采

野山楂

摘成熟果实，放入沸水中略烫，然后压扁、晒干即可；二是将果实略微烤焦后再入药。

这两种野果"中看不中吃"

上面说的，都是可食野果，但下面这两种，光看它们红艳艳的模样，似乎也很好吃，实际上是不能吃的。

其一是蛇莓。蛇莓也是蔷薇科的，但它并不属于悬钩子属，而是属于蛇莓属。蛇莓分布极广，在龙观也很常见。其果期在4月至5月，果实贴地而生，通常是圆圆的，也有个头比较大的，形状接近草莓。小时候，大人就告诫我们，这是蛇爱吃的，或者蛇经常从这种植物上面爬过，因此不能吃！这番话当然是骗骗孩子的，不过蛇莓的果实有微毒倒是真的，而且口感也很差。

其二是小构树的果实。5月中下旬，小构树上红果累累，悬挂在枝条下面，煞是好看，不知道的可能会以为是山莓之类。以前，我就上过一次当，见到这种果实，想当然地以为是好吃的，采来往嘴里一塞，结果马上吐掉都来不及，味道涩而怪，实在太难吃了！因此，小构树的果实虽然不像蛇莓那样被归类于有毒野果，但被归于"不堪食用"类野果。

蛇莓,微毒,不能食用

小构树果实,不堪食用

初夏,观鸟去

褐河乌

"漠漠水田飞白鹭,阴阴夏木啭黄鹂。"(唐王维《积雨辋川庄作》)转眼间,春光渐远,夏日来临,充沛的雨水让溪流奔腾了起来,山里一片郁郁葱葱,昆虫在草丛、枝丫间乱飞,鸟儿们忙着捕食小虫、哺育雏鸟……这是一个观鸟(尤其是夏候鸟)的好时节,且让我们来到龙观雪岙村,先在村子周边观鸟,然后沿着清源溪往上游走,看看初夏时节在这里能看到哪些鸟儿。

第一站:雪岙村口

龙观的村庄几乎都依山傍水,可谓各美其美,而从自然观察的角度来说,我最喜欢的同时去得最多的地方,毫无疑问是雪岙。这是一个古老的村庄,地理位置绝佳,深得四明山水之灵气:她坐落于山间一个平坦的谷地,南北山峰夹峙,来自深山峡谷的清源溪穿村而过,潺潺向东流,溪边皆是枫杨古树……

"花褪残红青杏小。燕子飞时,绿水人家绕。"用苏东坡的这几句词来形容春末夏初的雪岙,真是再合适不过了。环境这么好的地方,生物多样性必然也是好的。2021年6月底,清晨我驱车来到雪岙,在村口小桥附近找

077

飞行中的牛背鹭

牛背鹭

红尾水鸲（雄）

个空地停车，开始寻找鸟儿。

　　刚走到桥边，就看到湍急的溪水旁边，站着一只白鹭，它伸着脖子紧盯水面，观察鱼儿的动静。几只头部金黄的牛背鹭站在岸边草丛里，寻找昆虫或蛙类。我稍一靠近，它们就警觉地振翅起飞，在迷蒙的水雾中向溪流下游的山下村飞去。

　　红尾水鸲夫妻也在溪边忙碌，一个劲地捕食小飞虫，显然它们有孩子需要喂养。这种终生离不开溪流的小鸟，通常把巢安在附近的石缝或墙洞里。

忽然，我注意到，就在身边枫杨的一根枝条上停着一只发冠卷尾，它离我只有三四米的距离，嘴里叼着昆虫。"卷尾"是一类鸟的名字。在华东地区，可以见到的卷尾有3种：黑卷尾、灰卷尾和发冠卷尾。而在宁波，前两种较少看到，常见的就是发冠卷尾，它是本地的夏候鸟，其明显特征是：头顶有丝状冠羽；尾羽末端向上反卷，形如机翼。

我悄悄举起镜头，一阵连拍，回放照片时一看，方知它嘴里叼着的是一只蟪蛄。可怜这只小蝉，不久前还在树上唱出"滋，滋"的歌声呢，一不留神就成了鸟儿嘴里的食物。这只发冠卷尾站在树枝上观望了一会儿，然后飞进了枝繁叶茂的树冠中。我在一旁站了十几分钟，见到发冠卷尾重复了两三次刚才的行为，显然，它是在叼虫回巢喂雏鸟。

经仔细寻找，终于发现树上有个鸟窝。而且，5只刚出窝的雏鸟就站在巢边树枝上，那个巢已经破了。这些雏鸟的羽翼已经比较丰满，估计两三天后就可以单飞了。两只亲鸟非常忙碌，几乎一刻不停地在捕虫，以满足那5张张得老大的嘴。它们嘴里叼着的，有金龟子、蜻、蟪蛄等多种昆虫。我还看到，一只发冠卷尾飞扑到身边的大树的主干上，以肉眼根本看不清的动作完成了捕食。一直等到它飞回到附近的树枝上，我才从拍摄的照片中看清，它刚刚逮到的是一只蜘蛛。

再回过头来看鸟窝，觉得发冠卷尾选择巢址可谓"煞费苦心"。近年来我在四明山溪流边找到过多个鸟巢，它们都位于树冠层的横向树枝的近末端处。也就是说，几乎处在树枝最细弱、最柔软的地方，而巢的正下方就是宽阔、湍急的溪流，一旦雏鸟们在巢边你推我挤，一个站立不稳，就会掉落到急流中，必死无疑。那发冠卷尾的成鸟为何选择在树枝末端"安家"？其实，这是它们有意为之，其目的是防范松鼠、蛇类等天敌来吞食鸟卵或雏鸟——因为细小的枝条末端，可以承受雏鸟的重量，而对掠食者来说，却相当危险。

发冠卷尾的雏鸟和鸟巢

发冠卷尾,刚捕到一只蜘蛛

第二站：村子里面

拍完发冠卷尾，我就往村子里走。在"雪夹岙车站"这个老房子附近，忽然听到右边传来一阵急促的鸟叫声，扭头一看，原来是一只松鸦的雏鸟站在溪边大树的树枝上，拼命扇动着羽翼尚未丰满的双翅，张大了嘴在乞食。小家伙的父母肯定就在不远处，但没有过来喂食。

松鸦属于鸦科鸟类，也就是说，它和乌鸦、喜鹊、红嘴蓝鹊、灰树鹊等属于同一个科，具有很近的亲缘关系。松鸦的外貌乍一看跟其他鸦科鸟类很不一样，它是宁波鸦科中体形最小的鸟，棕色的上体远看倒有点像大一号的棕背伯劳，只是尾巴没有伯劳那么长。倒是翅膀上那蓝色的图案，为它的容貌加分不少。别看松鸦个子不大，鸦科普遍具有的不畏强敌的基因依然

松鸦幼鸟在乞食

松　鸦

很强大，它们也敢于在空中围攻猛禽。

刚拍了松鸦，马上又听到西边传来一阵喧闹的叫声："喀喀！喀喀！"走到前面一看，果然见到几只红嘴蓝鹊并排站在小屋顶上，它们拖着长长的尾巴，在那里跳来跳去，情绪颇为亢奋，似乎在争论什么。

有趣的是，那天随即看到了几只灰树鹊，它们在电线上吵吵闹闹。这也是鸦科鸟类的特点，那就是喜欢聚众活动，且十分聒噪，老远就可听到它们响亮的叫声。

红嘴蓝鹊是四明山里最常见的鸟之一，身体特征鲜明，不会被认错：鲜红的嘴、蓝色的身体、飘逸的尾羽。如果说红嘴蓝鹊长得像翩翩仙子，那么灰树鹊就是衣着朴素的农人。它常年披着灰褐色的"蓑衣"，爱在地面落叶间翻找食物。

爱吵闹的灰树鹊

红嘴蓝鹊在四明山里很常见

金腰燕

不知不觉,走到了雪岙村西侧民居旁的一块开阔地。这块地方的北边紧邻清源溪,西边是小块的农用地,南侧是个小山包,其上多古树。这样的生境会吸引多种习性的鸟类光顾,同时由于视野开阔,很适合观鸟。天空有很多燕子在飞,我举起双筒望远镜观察,看到空中的燕子有2种,即家燕与金腰燕,均为本地最常见的夏候鸟。

很快,又看到一只小型猛禽在高空翱翔,它的胸腹部略带棕色——这个特征明确无误地告诉我,这是一只赤腹鹰,也是夏候鸟。赤腹鹰体形较小,跟本地常见留鸟红隼差不多大。它们喜欢栖息在山区相对开阔的地带,常待在高处寻找食物,喜食蜥蜴和蛙类、鼠类、昆虫等。

稍后,又看到一个暗蓝的身影掠过,飞向南边的小山包。这是一只三宝鸟(三宝,即佛教的"佛、法、僧"),为本地不常见的夏候鸟。三宝鸟是佛法僧目佛法僧科的鸟类,飞行时可以看到双翅有对称的蓝块。三宝鸟常站在山区开阔地的树枝上,有时也待在屋顶,捕捉昆虫为食。

在雪岙村里随便转转,又看到了大山雀、麻雀、白鹡鸰、八哥、乌鸫、白头鹎、领雀嘴鹎等多种常见鸟类,限于篇幅,就不展开了。

飞翔的赤腹鹰

抓着猎物的赤腹鹰

三宝鸟

第三站：村庄上游

离开雪岙，沿着公路往清源溪上游走去，重点观察在溪流环境中生活的鸟类。没走几步，就听到"吱……"的一声，这声音轻而尖锐，透露出一丝惊慌。不用说，这是白额燕尾。估计是我的出现打扰到了正在溪边觅食的它，故它发出了这表示预警的叫声。

在龙观的溪流中，我见到过2种燕尾，即白额燕尾与小燕尾，前者常见，后者很少见到。它们都属于雀形目鹟科，因其尾羽末端分叉似燕尾而得名。

我站定不动，过了一会儿，果然看到一只白额燕尾在溪边长满青苔的石头上慢慢走动。它身披黑白分明的"燕尾服"，有着洁白而高贵的额头，长长的尾羽使之看上去风度翩翩。由于我一直保

白额燕尾

小燕尾喜欢生活在深山急流附近

持安静,没过多久它就忘记了我的存在,自顾自在溪流中活动,轻巧地从这块石头跳到那块石头,寻找水生昆虫或其幼虫作为食物。有时,它站在溪石上,歪着脑袋不动,十分可爱;它那肉色的脚又为它平添了一分秀气。

作别白额燕尾,我继续往前漫步。

一只深褐色的鸟儿几乎是贴着水面,箭一样地快速向上游飞去,边飞边发出"桀,桀"的粗哑叫声。我跟着这只褐河乌,慢跑了一段路。很快,它停在了急流中央的石头上,不停地翘尾巴并作点头状,有时还翻翻白眼,那模样令人发笑。

褐河乌属于雀形目河乌科,跟常见的乌鸦差不多大。中国的河乌就2种:河乌与褐河乌,都是褐色的鸟。前者只分布在西部的部分地区,而后者在中国绝大部分地区都有分布。河乌的喉部与胸前全白,像系了一块白色餐巾;而褐河乌全身都是褐色。由于褐河乌羽色较深,又老是在溪水里活动,因此得了个外号"水乌鸦"。我想,"河乌"这个正式名,就是来自"水乌鸦"这个俗名吧。不过,鸟友给褐河乌取了一个更有趣的昵称:巧克力鸟。

褐河乌偏爱较宽广、湍急且有很多大石头的溪流,能在湍急的溪流中半浮半潜,捕食小鱼小虾以及水生昆虫。这种鸟还有一个与众不同之处,那就是会"错峰"育雏。在浙江,大多数鸟类,育雏季在3月下旬之后,但褐河乌是个例外,在2月就已经开始求偶、配对、孵卵,往往3月初雏鸟就已经出窝了。2021年早春,我在四明山里拍到过褐河乌"养娃"的照片。

以上,就是那天在雪岙的清源溪附近看到的鸟类。后来,我在清源溪最上游的小村铜坑的附近,还拍到了小燕尾。这个小家伙活泼好动,个子虽小,但胆子一点都不小,就像一个不谙世事的顽童,不知道怕人。

褐河乌育雏

蛙声十里
出清源

布氏泛树蛙

我生于杭嘉湖平原，小时候竟连溪流都没有见过。1999年，研究生毕业后，我到宁波工作，并落户于此，一晃20多年过去了。犹记得，多年前，当我第一次登上四明山之巅，但见群山连绵，如绿色的波涛，一眼望不到尽头，心中十分惊叹。我尤其喜欢那些幽深、曲折的山涧，它们处在高耸的山峰之下，被繁茂的森林包围，溪中怪石嶙峋，溪水清澈湍急……

不知为何，这景象对我来说具有极大的诱惑力，我总是想，在这么好的环境里，一定有各种不为人知的神奇生物。尤其是夜晚的溪流，对我来说更加充满了神秘，我忍不住想：春夏时节的晚上，在那些峡谷中，会有什么样的山蛙出现呢？它们一定跟我在老家水田中见到的蛙类不一样吧？

稻花香里说丰年，听取蛙声一片

从2005年开始，我迷上了野生鸟类摄影，后来又拍摄两栖爬行动物、昆虫、野花、野果等，成了一名致力于探索宁波自然秘境的自然摄影师。在十几年的野外探索经历中，最"刺激"、最难忘的，自然是夜探自然，寻找本地的两栖爬行动物。而我夜探的最"热点"区域（也就是关注最多、去得最勤的地方），无疑是龙观乡，包括山区溪流与平原小型湿地。

据我在宁波全市的野外调查与拍摄成果来看，目前确认，宁波境内分布的原生两栖动物（外来入侵物种如牛蛙之类除外）至少有29种。其中，属于两栖类有尾目的有5种，分别是：镇海棘螈、中国瘰螈、东方蝾螈、秉志肥螈与义乌小鲵。属于两栖类无尾目的有24种。其中细分为蛙科12种：镇海林蛙、金线侧褶蛙、黑斑侧褶蛙、天台粗皮蛙、孟闻琴蛙（原定名弹琴蛙）、沼蛙、阔褶水蛙、小竹叶蛙、大绿臭蛙、天目臭蛙、凹耳臭蛙、武夷湍蛙；叉舌蛙科4种：泽陆蛙、虎纹蛙、棘胸蛙、福建大头蛙；树蛙科2种：大树蛙、布氏泛树蛙（原定名斑腿泛树蛙）；姬蛙科3种：饰纹姬蛙、小弧斑姬蛙、北仑姬蛙（原定名合征姬蛙）；雨蛙科1种：中国雨蛙；蟾蜍科1种：中华蟾蜍；角蟾科1种：道济角蟾。

在无尾目的24种中，除了天台粗皮蛙、孟闻琴蛙、沼蛙、虎纹蛙、福建大头蛙、大树蛙这6种我未曾在龙观见过，其余我都在龙观拍到过。也就是说，至少75%的宁波本地蛙类（含蟾蜍，下同）在龙观有分布，这确实令人

北仑姬蛙

惊喜。而且，我相信，随着野外调查的深入，在龙观境内，很可能再发现新的蛙类分布。

有关上述两栖动物的故事，我在《夜遇记》一书中有详细讲述（有大量篇幅涉及龙观），这本书限于篇幅，仅对相关物种作简单介绍。先来说一下主要分布于龙观平原地带的蛙类。龙观处于四明山区，有"七山二地一分水"之说，平地甚少，主要分布在后隆村、龙谷村、金溪村等区域的狭小地

泽陆蛙　　　　　　金线侧褶蛙　　　　　　黑斑侧褶蛙　　　　　　饰纹姬蛙

带，在那些地方有一些水田、旱地、水沟与池塘。这些区域所分布的蛙类主要是泽陆蛙、金线侧褶蛙、黑斑侧褶蛙、饰纹姬蛙、小弧斑姬蛙、北仑姬蛙、中国雨蛙、中华蟾蜍等。它们中的大多数善于鸣叫，诚如辛弃疾词云："稻花香里说丰年，听取蛙声一片。"

泽陆蛙，是本地平原地带最常见的小型蛙类，体长4厘米左右，皮肤较粗糙，不同个体体色差异很大，春夏繁殖季叫声响亮。

金线侧褶蛙，中等大小的蛙类，体长通常为5—7厘米，皮肤较光滑，背面绿色，背部两侧具有较宽的棕黄色的皮肤皱褶（术语叫"背侧褶"）。繁

殖期雄蛙鸣声很轻，如小鸡叫声："叽、叽、叽。"

黑斑侧褶蛙，中大型蛙类，体长5—9厘米，背面皮肤较粗糙，有明显背侧褶，具绿色、褐色等多种体色，体背或体侧通常有黑斑。黄昏和夜间外出觅食，跳跃能力很强。

饰纹姬蛙、小弧斑姬蛙与北仑姬蛙均为微小的蛙类，体长才2厘米多一点，身体呈三角形。春夏时节，饰纹姬蛙、小弧斑姬蛙常在田边泥窝里鸣

小弧斑姬蛙

中国雨蛙

中华蟾蜍

叫，而北仑姬蛙更喜欢生活在山区，有时亦可在山脚平地发现。

中国雨蛙，小型蛙类，体长3厘米多一点。背部皮肤光滑，绿色，腹部浅黄色，体侧有黑斑。生活于低山区，白天隐蔽于石缝内或植物上，在春夏时节的雨后大量出现并繁殖，雄蛙常在植物上持续大声鸣叫，声音高而且急。

中华蟾蜍，即俗称的癞蛤蟆，体长可达10—12厘米。体色以棕黄色居多，皮肤非常粗糙，耳后腺鼓起，呈长圆形。适应性强，生活于各种环境中，从平地到溪流均可见，可在远离水源的陆地活动。在宁波地区，通常于早春2月就已在水塘中抱对繁殖，蝌蚪全黑，3月初即可见到。

萤火一星沿岸草,蛙声十里出山泉

接下来,再给大家介绍一下龙观山溪中的蛙类。龙观山涧众多,如雪岙村上游清源溪、中坡山森林公园、五龙潭景区等地,森林植被繁茂,原生态环境优良,溪流水质清澈无污染,为众多两栖动物提供了良好的栖息条件。

"萤火一星沿岸草,蛙声十里出山泉。"这著名的诗句,出自清代诗人、文学家查慎行的《次实君溪边步月韵》。那么,龙观的山溪中善鸣的蛙有哪些呢?

早春3月,谁先在溪中"喈,喈"地鸣叫?是武夷湍蛙。顾名思义,湍蛙就是喜欢生活在水流湍急的溪流中的蛙。武夷湍蛙,体长通常为4—5厘

武夷湍蛙雄蛙在鸣叫

米，皮肤较粗糙，无背侧褶，体背面多为黄绿色或灰棕色。白天隐蔽于溪边石穴内，夜间出现在溪边石头或树枝上。

四五月间的夜晚，溪中的蛙鸣声逐渐热闹起来了。其中，有一种蛙鸣十分奇特，为拖长的"吱……"，其声尖锐，如金属丝的摩擦声。这是凹耳臭蛙的雄蛙在鸣叫。凹耳臭蛙还是一种能使用超声波进行通信的神奇蛙类，只不过这种声音只有同类可闻，而人类听不见。

凹耳臭蛙为中小型蛙类，雄蛙甚小，体长3厘米多，雌蛙体长可达6厘米左右。雄蛙鼓膜凹陷明显（故名"凹耳"），雌蛙鼓膜略凹。这是一种罕见的珍稀蛙类，种群数量稀少，原来认为宁波境内只分布在余姚局部地方。2020年春末，我到清源溪夜探，听到了这独特的蛙鸣声，才惊喜地发现龙观原来也有这种蛙的分布。

凹耳臭蛙会用超声波进行通信

春末夏初，一到黄昏，数量众多的天目臭蛙就开始在溪边"合唱"："唧啾！唧啾！"不知道的，还以为是小鸟在叫呢。天目臭蛙皮肤较光滑，背面为绿色，密布褐色斑点。这种蛙雌雄的体形差异很大，雄蛙体长才4厘米多，而雌蛙体长在8厘米左右。它们抱对繁殖时，雄蛙伏于雌蛙背上抱紧雌蛙，不知道的人，会误以为背上的是幼蛙。

比之于常见的天目臭蛙，同为蛙科臭蛙属的大绿臭蛙就明显要少见。大绿臭蛙雌雄体形也相差悬殊，雄蛙体长约5厘米，而雌蛙体长达9厘米左右。皮肤光滑，背面多为纯绿色，有的有褐色斑点。有资料称其雄蛙鸣叫声音尖而短，每次仅叫一声。但我没有听到过，可能是被我忽略了。

接下来亮相的，是属于宁波蛙类分布新记录的小竹叶蛙。这是一种中等大小的蛙类，体长通常为4—6厘米。背面皮肤较光滑，背侧褶细窄，两眼之间有一个小白疣。体色变异大，棕色、绿色、褐色都有。生活于山区茂密森林的溪流内，种群数量稀少。原先认为，这种蛙在浙江主要分布在浙西南地区，在宁波并没有分布。

它在本地被发现，纯属偶然。2013年9月的一个晚上，我到龙观山溪中夜拍，在一个水流湍急的地方，看到一只深褐色的蛙趴在垂直于水面的石壁上，其吸附本领不比湍蛙差。我很好奇：这是什么蛙？过去一看，这家伙虽然四肢有吸盘，习性也有点像湍蛙，但显然跟以往见过的湍蛙截然不同，甚至也不像以前见过的本地任何一种蛙。我从各种角度拍了照片，回去跟图鉴比对，但看来看去，在宁波及周边有分布的蛙类中，竟没有一种与其特征吻合的。无奈之下，我把照片发到了微博上，向国内专家请教。很快就有专业人士回复了，肯定地说那是小竹叶蛙。我一翻书，果然是它！

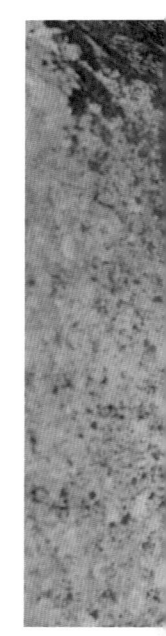

天目臭蛙抱对，上雄下雌

大绿臭蛙抱对，上雄下雌

小竹叶蛙

棘胸蛙,俗称石蛙

在龙观的溪流中,块头最大的蛙类,则是大名鼎鼎的棘胸蛙——俗称石蛙,宁波话也叫"石矍"或"石撞"。其背部皮肤粗糙,满布排列成纵行的肤棱,无背侧褶。背面多为黄绿色或灰棕色,有不规则的深绿或褐色斑纹。跟普通蛙类雌大雄小不同,棘胸蛙的雄蛙比雌蛙更大,雄蛙体长可达12厘米以上,十分肥硕,跳跃能力极强。

棘胸蛙生活于深山多石的溪流中,白天通常隐藏于石缝或石洞中,入夜后出来蹲伏在溪中岩石上,伺机捕食昆虫、小蛙等。据说棘胸蛙雄蛙的叫声很响亮,可惜我没有听到过。

棘胸蛙在中国南方虽然分布广泛,但因在国内长期遭受非法捕猎,再加上受栖息地环境质量下降的影响,其种群数量正不断减少,亟须加强保护。

蛙鸣蛇影皆寻常,生态链上不可缺

讲完生活于溪流中的蛙类,再来说一说几种不栖息、繁殖于溪流,而更喜欢山区的水沟、水坑、小水塘的蛙类。

最常见的,是布氏泛树蛙,这种善于攀爬的蛙类在龙观很常见。夏天的晚上,在随便哪一个山村的野外露天水缸旁,都可能发现聚集在一起繁殖的布氏泛树蛙。这是一种中等大小的蛙类,体长以4—6厘米居多,其背部皮肤光滑,有细小疣粒,背面多为棕色,一般有深色"X"形斑。在春夏繁殖期的夜晚,雄蛙发出"啪嗒!啪嗒!"类似轻轻鼓掌的叫声,这种鸣叫声非常有辨识度。

镇海林蛙也是本地常见蛙类,体长为4—6厘米,背面多为棕灰色或棕

布氏泛树蛙,原定名斑腿泛树蛙

镇海林蛙,不惧寒冷,冬季开始繁殖

阔褶水蛙,背部两侧的皱褶宽厚

红色，皮肤较光滑，具有细而窄的背侧褶。这种蛙喜欢植被较为繁茂的山区环境，繁殖期很早，在寒冷的1月、2月就开始繁殖。

阔褶水蛙在山区路边、水沟旁不难见到，其体长通常为4—5厘米，背部多为褐色，皮肤粗糙，背侧褶较宽。繁殖期在3—5月，雄蛙发出"唧唧"的鸣声，一般连续两三次。

上面一口气介绍了在龙观有分布的很多蛙类，有人可能会问：山里的蛙这么多，那么蛇是不是也很多呢？就像宁波人常说的，有"石撞"的地方必有蕲蛇（即尖吻蝮，俗称五步蛇）。其实，山里多蛇实属正常；不大正常的，倒是不少人对蛇的偏见，即认为蛇是害人的，乃至有"见蛇不打三分过"之说。其实，蛙也好，蛇也好，都是生态链上不可或缺的一环，都对维护生态平衡起着重要作用。山里蛙多、蛇多，恰恰说明这个地方的植被好、水质好，是值得高兴的事。

我在龙观拍到过很多种蛇，如福建竹叶青蛇、尖吻蝮、原矛头蝮、银环蛇、短尾蝮、乌华游蛇、挂墩后棱蛇、黄链蛇、赤链蛇、钝尾两头蛇、虎斑颈槽蛇、黑背白环蛇等。限于篇幅，这里关于蛇的故事就不多说了，大家只要记住：春夏时节尽量不要在没有防护的情况下在野外乱走；万一遇到蛇，不必惊慌，也不必试着去识别有毒还是无毒，更不要去抓或打它，只要尽快绕开走。如此，则人与蛇相安无事，岂不是好？

好了，在本文即将结束的时候，请允许我透露一下：其实，夏夜在龙观山区溪流中叫得最响、隐身本领最好的，是一种属于全球新物种的神秘角蟾。由于它实在太特殊了，我得另外写一篇文章来专门讲述。

短尾蝮

黑背白环蛇(拟态银环蛇)

绞花林蛇(拟态原矛头蝮)

尖吻蝮(五步蛇)

道济角蟾

道济角蟾发现记

四明山溪流边一只微小的山蛙,哦不,规范的名称叫作"角蟾",会跟济公活佛有什么关系?

是的,以前是没有什么关系,但从2021年开始就有关系了。因为,这种神秘角蟾的中文名被命名为"道济角蟾",而"道济"正是济公活佛的法号,即道济禅师。

有人或许会问我:那么,这听上去来头不小的角蟾,和你又有啥关系呢?有啊,这关系可大着呢!而且,它跟龙观也有很大关系。如若不信,且听我细细说来。

好消息突然传来

2021年国庆节前夕的一个下午,在深圳工作的黄秦忽然通过微信给我发来一份文件,打开一瞧,是全英文的,仔细一看,啊,原来是一篇非常专业的学术论文!其标题很长,主要意思是:华东地区的4个新种角蟾。这4种角蟾分别是:戴云角蟾、道济角蟾、三明角蟾和铜钹山角蟾。

我的英文水平虽然不佳,但还是很快看明白了,多年前我在四明山发现

道济角蟾

的神秘角蟾，终于作为一个"全球新物种"（这说法听上去似乎有点唬人，其实简单说来就两个字：新种）被发表在国际学术期刊《ZOOTAXA》（《动物分类学》）上！该角蟾属的新种，正式的拉丁文学名为 Panophrys daoji（注：根据分类系统的最新变动，现在为 Boulenophrys daoji），中文名是道济角蟾。

值得骄傲的是，这种角蟾的发现，说起来还真的是缘于我多年前的夜拍呢。我先简单从分类的角度为大家介绍一下角蟾这类绝少为普通人所了解的两栖动物。

中国已知的两栖动物有400多种，分为3个目，即蚓螈目、有尾目和无尾目。蚓螈目下面仅一个物种，即版纳鱼螈；有尾目下面有70多个物种，如各种蝾螈、小鲵、棘螈等（即俗称的各种"娃娃鱼"），其中国家一级保护动物镇海棘螈仅分布在宁波；无尾目下面的物种就多了，具体分为角蟾科、蟾蜍科、蛙科、树蛙科等好多个科。

本文说的角蟾，在分类上，为无尾目角蟾科角蟾属的物种。目前，中国已知的角蟾有几十种，而且近年来还不断有新种被发现。多数角蟾有个共性，即分布在非常狭窄的区域，就道济角蟾而言，目前已知仅分布在四明山与天台山区域。

寻找神秘角蟾

那么，道济角蟾最初是如何被发现的呢？

在我的以夜探大自然为主题的《夜遇记》一书中，专门有一篇《角蟾之谜》，讲的就是发现这种伪装色极好的角蟾的故事。我是从2012年开始夜探的，重点是寻找、拍摄宁波本地的两栖爬行动物。那时候，我就听人说，宁波的山里有一种踪迹隐秘的两栖动物，它体形微小、长相怪异、叫声很响……那就是一种角蟾。后来翻阅大部头的权威工具书《中国两栖动物及

其分布彩色图鉴》，了解到淡肩角蟾是在浙江地区唯一有大面积分布的角蟾科角蟾属动物。换句话说，如果在宁波找到角蟾，那么按照当时已知的分布，就只可能是淡肩角蟾。

从此，我就开始寻找这种神秘的小家伙。那时候无处了解这种角蟾的分布状况、生活习性等特点，只知道其雄蟾"每次连续鸣叫十余声，音量由低到高"（据上述图鉴）——这几乎是唯一可以有效利用的线索。因此，每次进山夜拍，我都注意侧耳倾听周边的蛙鸣声，企图循声而至找到它。终于，2013年初夏的一个夜晚，在四明山脚下，我听到了从小溪中传来的疑似淡肩角蟾的叫声，其声音十分响亮，为单音节，具体很难描述，类似"喈！喈！喈！"之声，带有一种尖利的摩擦音的感觉，可以穿破溪流声传得很远。

那天晚上，我独自一人不敢进入密林中的小溪，只好先回家了。几天后，约上两个朋友，一起来寻找。我们拨开树枝，先用棍子打草惊蛇，小心翼翼地进入树林中的小溪。但奇怪的是，尽管响亮的鸣叫声一直在附近，可我们三双眼睛却愣是找不到角蟾。后来，我们都俯身低头，在狭小、闷热、潮湿的环境里进行地毯式搜索，当终于发现这家伙的时候，我们都喊了一声：原来它这么小！它的伪装色太好了，与身边的落叶、枯枝完全融为一体。随即，我们又在旁边发现了另一只正在鸣叫的雄性角蟾。

蹲下身来仔细观察，更觉得这小不点的长相与原来见过的蛙或蟾都很不相同：体长只有3厘米出头，比我的拇指还小；全身基本为棕褐色，皮肤比较粗糙，背部与体侧有许多红色的疣粒；最独特的是它的眼睛，虹膜为红色，从正面看，其眼睛上方呈明显的角状凸起。当时，我开玩笑说，这小家伙真有点像外星物种。

确认角蟾是新种

自第一次找到角蟾后,我有了实际经验,以后继续寻找就顺利多了。我重点关注的是龙观的溪流,因此每年夏天晚上去龙观夜探,就特别注意听蛙鸣声,听有没有角蟾的叫声。努力没有白费,我在龙观多个地方都找到了这种角蟾。再后来,我在与龙观紧邻的奉化溪口镇的溪流中,乃至宁海县的天台山峡谷中,都找到了它们。

话虽如此,但不是每一次都能顺利地发现正在鸣叫的角蟾,因为这家伙的保护色实在太好了。有一次,在龙观的溪流中,我明明听见一只角蟾在离我很近的地方高声鸣叫,却怎么找也找不到它。我百思不得其解,为此抓狂不已,差点怀疑自己的听觉出了问题。后来,索性坐在一旁,静听,然后一寸一寸搜寻。最后,终于被我发现了,天哪,它就躲在我眼前的一团枯草与落叶中,棕褐色的小小身体与深棕色的枯草完全融为一体,难以分辨。

我把这些拍摄于龙观的、自认为是"淡肩角蟾"的角蟾照片发到了微博上。后来,鸟友黄秦联系上我,说出于科研需要,他想取得宁波所产的所谓"淡肩角蟾"的标本。原来,他那时到我的母校中山大学的生命科学学院(简称中大生科院)工作了。他的老师,即中大生科院的王英永教授,是国内研究两栖爬行动物的专家。王教授看到我拍的角蟾照片后,觉得这不是淡肩角蟾,很可能是一种未曾被发现、命名过的角蟾新种。因此,王教授想取得实物,进行科学研究。

2015年6月30日,黄秦特意来宁波找我。晚上,我陪他进山,到龙观山里寻找角蟾。刚到溪边,我们就听到了其响亮而急促的鸣叫声。"咦,这怎么像是掌突蟾的叫声?"黄秦说。我大吃一惊,说:"这怎么可能是掌突蟾,宁波没有分布的。"黄秦不信,说这叫声太像掌突蟾了,他以前多次听过。黄秦所说的掌突蟾是指福建掌突蟾(属于角蟾科掌突蟾属),那也是一种体长不到3厘米的微型蟾,书上说其雄蟾的鸣叫"音大而尖"。事实证明,现场发出这种尖而高的鸣叫声的,确实是一种角蟾,而不是福建掌突蟾。那天晚上,除了现场拍照,黄秦还捕捉了多只角蟾作为标本,于次日带回了中山大学。

此后的研究结果表明,这确实是属于角蟾的新种。得知这一结果,我自然十分开心和兴奋。但随即问题也来了:它为什么不是淡肩角蟾呢?所谓"淡肩",是指这种角蟾的肩部有一个圆形或半圆形的浅色斑。而我在宁波见到的角蟾,确实有不少个体的肩部颜色稍浅。

以济公法号来命名

2017年底,王英永教授来宁波,我跟他见面时聊起了这种角蟾。我也曾问及它跟淡肩角蟾的区别在哪里,王教授说,其实你若见过真正的淡肩

道济角蟾具有很好的保护色

警觉低伏的道济角蟾

隐藏起来的道济角蟾

角蟾,就会发现这两者的区别还是挺明显的,身体特征不像,还有叫声也不同。

  后来,我又将自己拍的角蟾照片与《中国两栖动物及其分布彩色图鉴》上的淡肩角蟾图片进行仔细对比,果然发现两者的背部斑纹有明显不同。按照书上的描述,淡肩角蟾"两眼间及头后褐黑色,向后延伸到背中部形成一条宽带纹"。事实上,正是这一条深色的宽带纹的存在,使得肩部的颜色相比之下显得浅了。而我在宁波拍的角蟾,其头顶的两眼之间有深色斑纹向下延伸,形成一个明显的上宽下尖的倒三角形,而不是"宽带纹";同时,

正面看好像长角的道济角蟾

背部上方有一个"V"形深色斑,下方则有深色三角形斑。至于叫声,我录了宁波本地的角蟾的鸣叫声,那是一种持续不断的单音节的比较尖的叫声,音调平稳,和书上描述的淡肩角蟾"每次连续鸣叫十余声,音量由低到高"也不相同。

那么,这新种角蟾为何最后被命名为道济角蟾呢?

原来,2017年之后,中山大学的研究团队在与宁波相邻的台州天台县的天台山中也采集到若干角蟾标本,并确认这批角蟾与我在四明山发现的角蟾为同一种角蟾。

科研人员是这样描述这种角蟾的外表的:"背部颜色变异较大,有深棕色、深灰色、浅棕色、黄褐色或红棕色;背部皮肤粗糙,密布痣粒和疣粒;背部具断续的"X"形或")("形中央肤棱;小腿和大腿背侧具横向短肤

正在鸣叫的道济角蟾雄蟾

棱；上眼睑的边缘具小的角状疣粒；体侧密布疣粒；腹面光滑；大腿密布疣粒……"

后来，科研人员确定以在天台山采集的角蟾标本为该物种的模式标本。在为该种角蟾命名时，科研人员想到了济公活佛。济公是南宋高僧，法号道济。"道济禅师出生于天台永宁村，而道济角蟾的模式产地即位于天台山，而且道济角蟾拥有多样的色型变异，因此我们用极富传奇色彩的道济禅师的法号来命名这个物种。"

我在龙观拍摄的角蟾照片，引起了专家的重视，他们采得标本，并最终将其命名为"道济角蟾"，并作为新种发表在国际学术期刊上。我想，这是我的荣幸，也是龙观的荣幸。

夜游雪岙

天目臭蛙

2021年6月,上海"根与芽"青少年活动中心的一位老师跟我联系,说计划在7月初的周末,来宁波举办一个志愿者亲子夏令营,并请我带孩子们及其父母到山村附近"夜游",即观察在夜间活动的各种小动物。

在夏夜里探索山林自然秘境,是我十分喜欢做的事,于是欣然答应。"根与芽"的老师说他们想在四明山里做活动,但不知具体在哪里为宜,请我推荐一下地点。我略一思索,共推荐了3个地方,分别位于余姚、奉化和海曙,请对方自选。结果,对方选了海曙区龙观乡雪岙村,因为这地方不仅自然环境好,而且离宁波市区最近,交通等各方面都比较方便。

初探雪岙

"根与芽"的老师希望我带他们进行两次夜游,考虑到大家几乎都没有夜探山林的经验,我决定第一个晚上就在村边转转,算是预热一下;第二个晚上再往山里走,进行更深度的观察。

初夏时节,雪岙村旁的清源溪

    雪岙村位于一个幽深峡谷的入口处,清源溪穿村而过,溪边全是枫杨古树。时值梅雨季节,连日的大雨让清源溪变得非常湍急,因此我们没法走到溪流里,只能在岸上探寻。晚上7点多,整队出发时,我对小朋友们说:"安静一下,听!溪流里传来了什么声音?"大家都侧耳倾听,除了潺潺的流水声,还有"唧啾!唧啾!"的声音不时传来。

    "好像有小鸟在叫!"有个孩子说。

    "不是小鸟,而是天目臭蛙的雄蛙在鸣叫。"我说。同时,用手电筒往身边的枫杨树上一扫,又说:"你们看,树干上就趴着一只天目臭蛙,不过那是一只雌蛙。"

    大家都找到了,那是一只绿色的蛙,背部密布棕褐色的斑纹,趾上有吸盘。随后,在溪边的石头上,又看到了好几只天目臭蛙。我说,看上去比较壮硕的是雌蛙,而那些"瘦小"的是雄蛙。这种蛙的雌雄体形大小相差悬殊。

"这蛙不是挺漂亮的嘛,为啥叫'臭蛙'呢?它臭吗?"一位妈妈问。

我对挤在身边的孩子说:"旁边就有一只,有谁愿意凑近闻一闻,到底臭不臭?"犹豫了一会儿,有个小女孩鼓起勇气,靠近天目臭蛙闻了一下。

"不臭,一点都不臭!"她大声宣布。

我说,这条溪流里分布着天目臭蛙、大绿臭蛙、凹耳臭蛙等多种臭蛙,它们平时并不会散发出臭味,但在被侵害、捕捉时,它们的皮肤可分泌出难闻的、具有刺激性的黏液,如果手上凑巧有伤口,那么接触到这种黏液后会有刺痛感。这是它们的自我防护手段。

继续前行,忽见岸边一根低枝上,停着一只羽毛蓬松的鸟,它背对着我们,前半个身子躲在树叶中。"松鸦的雏鸟,正在睡觉呢!"我说,同时提示大家声音轻一点,以免打扰到它。"我还是第一次看到鸟儿在树上睡觉呢!好有趣呀!"有孩子

天目臭蛙

正在睡觉的松鸦雏鸟

一只发育不良的双叉犀金龟

布氏泛树蛙

说,其他人随即表示有同感。

后来,当我在溪边探寻的时候,听见有人喊:"有蛇,有蛇!"一转头,看到好几个人围在路对面山脚下的排水沟旁。赶紧跑过去,但见一条灰褐色的小蛇惊慌失措地钻进了石缝里。我没有看清它长啥样,只是觉得自己没有见过这种蛇。

随即,有人在湿漉漉的路面上看到了一只俗称"独角仙"的甲虫。独角仙,即双叉犀金龟,其雄虫的头上具有雄壮威武的犄角,雌虫无角。奇怪的是,这只独角仙头上有角,但非常小,既不像雄的也不像雌的。大家都为此迷惑不解。事后,我请教了一位熟悉昆虫的朋友,方知这是一只发育不良的雄虫。

在接下来的夜探过程中,我们又见到了中华蟾蜍、武夷湍蛙、布氏泛树蛙、离斑虎甲、捕食的蜈蚣等,甚至还在林木深处见到了少量萤火虫,另外还听到了角蟾的响亮叫声,可惜由于那地方靠近深水区,我们没能找到这位暗夜"歌手"。

武夷湍蛙

夜遇"小青"

在第一次夜游出发前,我曾对孩子们说:"今天晚上,我们有很大概率见到'小青',也就是福建竹叶青蛇,那是一种很漂亮的毒蛇。"然而,那天晚上,我努力搜寻,还是无缘见到"小青",这多少令大家有点失落。不过,那天夜游结束后,在驱车回家之前,我对跟我一起来的女儿说:"我们再到那条排水沟旁边看看,说不定这条蛇又钻出来了。"果然,刚回到那里,我一眼看到,它就在沟中的落叶堆里游动。与大半个小时前不同的是,它的腹部胀鼓鼓的,显然是刚吞了一只小蛙之类的食物。第二天,我把图片发给浙江省研究两栖爬行动物的专家王聿凡,他告诉我,这是绣链腹链蛇(背侧有两条铁锈色的链条状纵纹,故名),不大常见。

次日的夜游,我们从雪岙村出发,沿溪畔公路往山里进发,主要观察在路边山脚处出现的小动物。正走着,有个妈妈忽然说:"怎么看不到竹节虫

锈链腹链蛇

啊?"也真是巧极了,她话音刚落,我就注意到两米外有条细长的绿色小虫停在灌木丛的绿叶上。这不正是竹节虫吗?不过,它非常柔弱,还是幼虫。它显然感觉到手电筒雪亮的光聚焦在身上,就赶紧爬到了树叶后面。我把叶子转过来向孩子们展示,大家看到,这小虫把自己紧紧贴在叶面上,看上去像是奇怪的叶脉。

在附近,又看到了某种螽(zhōng)斯——此为常见的一类昆虫,雄虫通常善鸣,还有蚱蜢、螳螂等昆虫。那只碧绿的幼龄螳螂用它的"双刀"(即前面的那对"捕捉足")在大眼睛前面轻轻挥动,恰似挥舞长袖,又仿佛十分害羞,想把脸遮住似的。一只溪蟹在潮湿的路面上悄悄横行而过,仔细一看,它的螯足上居然夹着一条蜈蚣,正准备享受美餐呢!后来,又见到了一种我以前未曾见过的蜗牛,它有大号的螺蛳那么大,外壳底色鲜黄,密布浅黑的云朵状斑纹,色彩鲜艳明快。

当大家围观得不亦乐乎之际,我抽身走到了一旁。忽听不远处传来了

螽　斯

熟悉的"喈，喈"叫声。"角蟾！是角蟾！"我喊了起来。这种角蟾（即道济角蟾）的声音在前一天晚上就听见了，但没找到。这回叫声就从山脚的小溪坑旁传过来，我想应该不难找到。我和女儿赶紧先过去，低头细寻，感觉这声音就在脚边，但一时间就是找不到。后来，还是女儿先发现了，原来它就蹲在一块小石头旁，长约3厘米，皮肤粗糙，灰褐中带点绿色，与周边环境完全融为一体。此时，孩子们与家长也围过来了。"啊，它这么小，但叫得可真响！""它的保护色真好啊！""它的眼睛好奇怪，像外星人！"大家议论纷纷。

竹节虫

福建竹叶青蛇

看完角蟾,有的孩子说走得累了,想回龙观庄园休息。于是我们开始原路返回。此时,有孩子在嘟囔:"今天晚上还是没有见到竹叶青蛇啊!"我说,别灰心,回去的路上继续找,说不定会有惊喜。

仿佛是上天的安排,惊喜说来就来。当时,我和女儿走在最前面,正聊天时,我偶尔抬头,刚好看到一条碧绿的竹叶青头朝下、尾在上,在山石上轻轻摆动着柔软的身躯,往下方游来。

"竹叶青!竹叶青!"

听到我的呼喊,大家呼啦一下全围了过来。"啊,真的是竹叶青!绿得

真好看啊!还真有这么好看的蛇!"在现场的,除我和女儿以外,其他人都是第一次见到竹叶青。虽说这是大名鼎鼎的毒蛇,但"小青"的美还是征服了在场的所有人。事后,我看到一位妈妈在朋友圈里说:"终于看到'小青',尽管因害怕而心跳加速,但还是掏出手机来拍,它实在是太美了。"

我想,到大自然中寻找充满野性的美,这大概就是博物观察的独特魅力吧!

山路边的夜探

蜈蚣捕食

溪蟹捕食

蜗 牛

离斑虎甲，善于捕食其他昆虫

一只幼龄的螳螂

溪流水下探秘

秉志肥螈

龙观的山中,大小溪流无数。在这些溪流的水下,主要生活着哪些物种呢?对此,我花了不少时间进行探索与拍摄,限于水平,所得的结果自然也是十分粗略的,但对于我这样的普通自然爱好者来说,不少东西也是挺有趣的。现在,就让我们一起去溪流水下"探秘"吧。

溪鱼出游从容

溪流水下,最多的自然是小鱼。一说起溪鱼,我常想起《庄子·秋水》中那段著名的故事:

> 庄子与惠子游于濠梁之上。庄子曰:"鲦鱼出游从容,是鱼之乐也。"惠子曰:"子非鱼,安知鱼之乐?"庄子曰:"子非我,安知我不知鱼之乐?"惠子曰:"我非子,固不知子矣;子固非鱼也,子之不知鱼之乐,全矣!"庄子曰:"请循其本。子曰'汝安知鱼乐'云者,既已知吾知之而问我。我知之濠上也。"

且不论庄子与惠子的辩论谁胜谁负,我想,溪鱼"出游从容",就算不能

说是人之所谓快乐,至少,它们是安全而自由的——有大山,有溪水,而无人侵犯,多好!

看到鱼儿在水中游得这么自在,站在岸上欣赏的人自然也会觉得快乐。而我,还有一点好奇:它们有几种?分别叫什么名字?

在龙观的四明山溪流中,鱼的种类有很多,通过向专业人士请教,目前我认识的且认为容易看到的,主要有光唇鱼、尖头大吻鲅(guì)、宽鳍鱲(liè)、真吻虾虎鱼和中华花鳅等。

光唇鱼俗称石斑鱼,属鲤形目鲤科,在中国南方分布较广。这种鱼比较好认,多数个体的身上有几道平行的黑纹,特征很明显。前些年,光唇鱼在宁波的溪流中很多,它们栖息于多碎石、沙砾的清澈溪流中,喜欢在石块之间转来转去以觅食。它们胆小而灵活,要拍到其灵动的身姿,得十分耐心。通常,我先坐(或趴)在水边,把防水相机放入水下,等惊散的鱼儿忘记危险又游到身边的时候,再悄悄移动相机,构图、对焦,完成拍摄。

尖头大吻鲅以细小的幼鱼居多,成体明显偏少。2019年8月,超强台风"利奇马"对宁波影响巨大,以致台风过境后好几天,四明山溪流中的水还是又大又急。等水势变小后,我到龙观清源溪中夜拍,发现局部的水还是比较急——比如有大石头处——但就在这样的地方,一群尖头大吻鲅还是在奋力游动,力争上游。它们几乎都是只有三四厘米长的幼鱼,不大怕人,最多在相机入水的时候稍稍游开一会儿,但马上又会聚拢过来,在镜头边游来游去。

那年8月底,我到雪岙村的溪边夜拍,发现一条长约10厘米的宽鳍鱲静静地待在石头边。我把相机放入水下,轻轻调整好水下补光灯的角度,当光从侧面照到它的身体时,我从相机屏幕上看到,它的侧面的蓝色明显变得更加艳丽了,十分好看。

尖头大吻鰕

光唇鱼

宽鳍鱲

河埠头寻鱼踪

上述拍摄,都是在溪流的中上游。那么在下游的河埠头,又能见到什么鱼呢?犹记得,童年时,在老家的河埠头淘米,常能看到很多小鱼围拢过来,吞食碎米粒;也曾在夜晚打着手电,到河埠头看各种小鱼出来觅食。

夏天的晚上,我曾多次到龙观章溪的河埠头拍鱼,仿佛也是为了重温童年的美好时光。那一段的章溪,宽阔如大河,只要不是在暴雨之后,水流通常很平稳,溪床多为细小的砂石。在那里,最容易见到的是真吻虾虎鱼(又叫"子陵吻虾虎鱼")和中华花鳅。

真吻虾虎鱼隶属于鲈形目虾虎鱼科。所谓"虾虎鱼",顾名思义,就是吃虾的"老虎",可见这是一种比较凶猛的小鱼,故有人送其雅号"花衣小霸王"。我有一本题为《身边的鱼》的小书,书中对虾虎鱼有比较简洁的描述:"虾虎鱼在外形上有着一些共同特征,圆滚滚的身形,

真吻虾虎鱼

中华花鳅

一双眼睛位于头顶上方,眼大口阔,圆形尾鳍,背鳍分化成前后两片。最奇特的是它们的腹鳍,一对腹鳍在胸鳍下方复合成一体,成为一个具有强大吸力的吸盘,这使得虾虎鱼可以如同蜘蛛侠般吸附在水中的物体之上。"

在四明山的溪流中,最常见的虾虎鱼就是真吻虾虎鱼。这种鱼的特征很明显,那就是头部具有蠕虫状的褐色斑纹。在河埠头,常有村民来洗菜,留下不少食物残渣,故常有鱼虾过来觅食。真吻虾虎鱼总是静静地趴在水底的沙子上,或吸附于石块上,企图突袭路过的小虾米。不知道是天生胆子大,还是对自己的伪装色很自信,经常我的手指或相机已经快碰到了它了,这家伙还是懒洋洋地一动不动。偶尔惊觉,才会一甩身,瞬间消失得无影无踪。

中华花鳅数量很多,但胆子极小,通常相机稍稍靠近一条,它便一扭细长的身子,在水下扬起一团沙雾,利用"沙遁法"逃之夭夭了。有一次,我没有下水,而是趴在河埠头,将相机探入水下,安静地等了好久,这些头部看上去有点"贼眉鼠眼"的中华花鳅才慢慢游到了相机附近。只见它们贴着水底慢慢游动,似乎在一口接一口地吞食细沙,实际上它们是在滤食沙中的食物碎屑和藻类。仔细看,其实它们身上的斑纹也很美,称之为"花鳅"也算是名副其实。

发现两种"小娃娃鱼"

除了鱼类,在溪流中,自然还能见到不少其他水下生物,如溪虾、溪蟹、水生昆虫,当然还有两栖动物。先说水下的昆虫,最常见的当然是水虿(chài),也就是蜻蜓的稚虫。它们通常呈暗褐色,身体比较扁平,当它一动不动隐伏在水底沙砾上的时候,就极难被发现。

溪虾与溪蟹都喜欢吃小动物的尸体,似乎扮演着水中清道夫的角色。我在雪岙村的清源溪中拍鱼时,曾见到多条死去的红头大蜈蚣的尸体,后来忽然见到一条蜈蚣仿佛在水底蠕动。当时颇为吃惊,心想它怎么可能还是活的。再仔细一看,原来是旁边有只虾正竭力拖动着体长是它的好几倍的猎物的尸体。我的接近,把虾吓了一跳,只见它赶紧松开钳子,躲到了石缝里。我也很识相,马上走开了,以免进一步妨碍它享受美餐。

有时被我惊动的,还有蛙类。溪边最常见的是天目臭蛙,一旦受惊,它便快速跳走,有时会遁入水下,趴在石缝间或小石头的底下。搞笑的是,它往往跟鸵鸟一样,顾头不顾脚,以为把头部塞入石头下就算了事了。最有趣的是,我若轻轻把它头边与脚边的石头拿开,它竟依然不逃走。

6月初,正是凹耳臭蛙抱对繁殖的时候。有一次,我在溪中行走时,惊动了一对正抱在一起的"小夫妻"。只见雌蛙背负着明显小一号的雄蛙,跃入水底,长时间趴在水下不动。这倒是给了我从容拍摄的好机会。

那天晚上运气很好,不仅拍到了凹耳臭蛙,还拍到了一种小"娃娃鱼",即秉志肥螈。这种蝾螈虽说相对常见,但其胆子很小,稍受惊扰便钻入石缝或躲到深水区,故想拍好它也不容易。那晚在浅水区见到一条,我没有马上去拍,而是在它前面蹲了下来,等它慢慢游到我身边时才开始拍摄。哦不,与其说它是在游动,倒不如说它是在水底缓缓行走。

它行走的动作缓慢到什么程度?大家若看过动画片《疯狂动物城》,相信一定会对那只名叫"闪电"的树懒印象深刻。对,在不受干扰的时候,秉志肥螈的动作之舒缓,还真与那"闪电"有得一拼。

在章溪里,若运气好,偶尔还能见到少见的中国瘰(luǒ)螈。多年前的深秋,我的朋友李超兴冲冲地告诉我,他在章溪里见到了一种他以前没见过的蝾螈!后来确认,这种蝾螈名为中国瘰螈,俗称"水壁虎",鲜有人见过。那次,我和李超一起来到溪边寻找中国瘰螈。果然,在两米外的水底下,有

隐伏在水底沙砾中的蜻蜓稚虫,就在画面正中央

水虿(即蜻蜓的稚虫)

溪虾

虾吃蜈蚣尸体

秉志肥螈，宁波境内相对最常见的蝾螈

中国瘰螈，其模式标本产于宁波

一条褐色的蝾螈在慢慢移动,其长度有十几厘米,看上去极像微型鳄鱼。它的体色跟水底石头的颜色非常接近,不留意的话真的很难发现。后来,在龙观境内的溪流中,也发现了中国瘰螈。

中国瘰螈的皮肤非常粗糙,背部中央有暗红色的纵棱,腹部有橘红或黄色斑块。这种小家伙喜欢栖息于平缓的山区溪流中,对水质要求较高,常隐蔽在水底的石块间与腐枝烂叶下,阴雨天气会上岸在草丛中捕食蚯蚓、昆虫等。中国瘰螈在浙江、安徽、福建等地均有分布,但近年来由于水质污染、生态环境破坏、人为捕捉等,分布区域趋于缩减,种群数量下降,现已被列为国家二级重点保护野生动物。

最后说一下,中国瘰螈的模式标本产地正是在宁波。那么,什么叫"模式标本"呢?通俗地说,世界上首次被发现,并经过描述、鉴定、公开发表的新物种,所制成的标本才可以是"模式标本"。这件标本是物种分类的参照物,具有无可替代的独特价值。

水下的溪蟹

跳入水下的一对凹耳臭蛙(上雄下雌)

躲在水下的天目臭蛙

蒙古寒蝉

盛夏寻虫散记

盛夏时节,山林葱郁,蜂飞蝶舞,正是拍摄昆虫的好时机。龙观自然条件优越,可谓"虫迷"们寻找昆虫的森林后花园。近几年,几位喜欢昆虫的上海朋友来宁波之前,问我去哪里寻虫好,我都首先推荐了龙观,重点是清源溪、中坡山森林公园等地。

昆虫种类及数量的多少,是衡量一个区域的生物多样性是否丰富的重要指标之一。我相信,龙观的昆虫的多样性远未被大家所了解。至于我本人,近些年虽然拍了不少,但毕竟对于昆虫不像对本地鸟类、两栖类动物那么熟悉,目前还属于"浅尝辄止",因此在这里仅挑若干自己印象较深的昆虫与大家分享。另外,考虑到蝴蝶是大家最喜闻乐见的昆虫门类,我将另文讲述。

蜻蜓与豆娘:溪流边的飞行家

龙观溪流众多,夏天随便去哪一条溪流走走,都可以见到各种各样的蜻蜓与豆娘。当然,这里得说明一下,蜻蜓与豆娘(豆娘是俗称,正式叫蟌,念cōng)都是属于蜻蜓目的昆虫。可以从以下几方面来区分两者。首先,

看眼睛：蜻蜓的复眼挨得很近，而豆娘两眼间有明显的距离，形同哑铃；其次，看腹部：蜻蜓的腹部通常较为扁平，也较粗，而豆娘的腹部呈纤细的圆棍状；再次，看翅膀的形状：蜻蜓的前后翅形状大小不同，有的差异甚大，而豆娘的前后翅形状大小近似；最后，看停歇时的状态：蜻蜓在停栖时，会将翅膀平展在身体的两侧，而豆娘在停栖时，通常会将翅膀合起来直立于背上。不过这也不能一概而论，有的大型豆娘，如赤基色蟌之类，有时会在停歇时将翅膀平展，如同蜻蜓一样。

我在龙观拍到过的蜻蜓目昆虫有近20种，如黄蜻、黄翅蜻、红蜻、玉带蜻、竖眉赤蜻、狭腹灰蜻、鼎脉灰蜻、异色灰蜻、碧伟蜓、台湾环尾春蜓、赤基色蟌、透顶单脉色蟌、黄纹长腹扇蟌、东亚异痣蟌等。

我对台湾环尾春蜓印象很深。这是一种喜欢开阔溪流的蜻蜓，领地意

台湾环尾春蜓（雄）

赤基色蟌（雄）

透顶单脉色蟌（雄）

识很强。夏天，有时可看到台湾环尾春蜓在溪流上空来回巡飞，它甚至还会像直升机一样悬停在空中，一见到其他入侵的同类，立即飞过去驱离。

赤基色蟌也只生活在溪流环境中。这是四明山里最大最漂亮的豆娘，属于蜻蜓目色蟌科。其雄虫的翅膀基部不透明，为迷人的宝石红，故名"赤基"；雌虫色彩与雄性近似，但翅膀为淡褐色。在白天见到它们时，由于其比较警觉，稍有动静就马上飞离，拍摄难度相对较大。到了晚上，它们就在溪中石头或溪畔的植物枝叶上休息，就可以凑近好好观赏与拍摄。

另一种以溪流为家的大型豆娘，是透顶单脉色蟌。其雄虫的身体为绿色，并具有强烈的金属光泽；翅膀基部的区域为蓝色，而其余部分主要为黑色。雌虫总体上看起来为褐色，具白色伪翅痣。

山林蝉声大合唱

"蝉噪林逾静,鸟鸣山更幽。"(南北朝王籍《入若耶溪》)走进夏季的龙观,可以听到各种各样的蝉鸣。但若问:四明山里有多少种蝉?恐怕没人说得清。我个人所见也有限,但觉得应该有好多种,常见的就有黑蚱蝉、蒙古寒蝉、蟪蛄、松寒蝉、螗蝉等。

黑蚱蝉、蒙古寒蝉与蟪蛄,这3种蝉在城区也常见;而松寒蝉与螗蝉,似乎主要分布在山里。黑蚱蝉是大型蝉,其体长可达四五厘米,体色几乎全黑,仔细看的话,会发现其背部有金色细毛。黑蚱蝉的叫声很单调,常无休无止地"前,前"叫,而且特别喜欢"大合唱"。

蒙古寒蝉体长3厘米左右,背部以绿色为主,杂以黑斑。其鸣叫声比黑蚱蝉好听很多,近似"伏天儿、伏天儿……"。其鸣唱期很长,通常可从6月初持续到10月中旬。

蟪蛄是一类小型蝉,体长才2厘米多一点,翅膀多斑纹。其雄虫会发出"滋,滋"的持续叫声,但因其体色与树干几乎完全一样,故很难找到它。不过,顺便说一句,令我惊讶的是,2021年11月9日,我居然在龙王溪畔听到了蟪蛄的叫声,并且拍到了它。深秋时节还有蝉鸣,我也是第一次注意到。

螗蝉也是大型蝉,雌虫体长近5厘米,雄虫则不到4厘米,身体黑色并带有绿色斑纹。夏天,在龙观的山林中,到处可以听到螗蝉此起彼伏的鸣唱声:"唧……唧唧唧。"

接下来,关于松寒蝉,不妨多说一点。2021年7月底,我在朋友圈里发了一条关于蝉鸣的短视频。后来,有位从小在雪岙村长大的朋友留言说:"有一种黑色的小蝉,专门趴在墙上叫,叫声像是'皮鞋丝,皮鞋丝,皮鞋

黑蚱蝉

螋蛄

螂蝉

松寒蝉

丝，丝丝丝……'。它一叫唤，大人就会告诉我们，秋天快要来了，河里水凉了，别去游泳了。"这几句话说得非常形象、精彩！我马上猜出，他说的蝉，就是本地山里常见的松寒蝉。

如果你曾留意过这种蝉的叫声，然后用宁波话来念一遍"皮鞋丝，皮鞋丝，皮鞋丝，丝丝丝……"，就知道这描述是多么传神了。通常，在立秋之后，松寒蝉就开始大声在山林中歌唱起来。不过，真的很难找到它们，因为松寒蝉为长约3.5厘米的黑褐色小蝉，与树干颜色很接近。

不过，起初对于朋友留言中的"专门趴在墙上叫"这句话，我还是有点疑惑，因为蝉通常是在树枝上叫，怎么会在墙壁上鸣唱呢？直到有一次，我在外牌楼水库旁的山路边拍蝴蝶时，亲眼看到一只松寒蝉趴在电线杆上放声歌唱："皮鞋丝，皮鞋丝，皮鞋丝，丝丝丝……"既然它连电线杆都不嫌弃，想必在墙壁上"献唱"也实属正常吧！

酷似蜂鸟的飞蛾

2021年8月初，我到铜坑村走走。溪流边，海州常山、高粱泡等植物都在开花。仔细一看，花丛中有个小小的身影在飞舞，原来是一种长喙天蛾！我手持长焦镜头，在一旁静静地等待拍摄机会。这个小家伙飞行能力很强，可以在花旁边原地高速振翅两三秒钟，同时把长长的虹吸式口器插入花冠的深处，直接吸取甜美的花蜜。

回家后，我把照片发在朋友圈里，向熟悉昆虫的朋友请教它是哪一种长喙天蛾。结果，有人在下面评论："我一直以为它是蜂鸟呀！"

确实，很多人都误以为这种飞蛾是蜂鸟。乍一看，它真的太像蜂鸟了！体形超小、色彩艳丽，会在空中悬停吸食花蜜……这些特征跟蜂鸟一模一样！不过，事实是，蜂鸟只分布在美洲，别说在国内，就连亚洲都没有野生

黑长喙天蛾，在吸食高粱泡的花蜜

蜂鸟分布。

那天，我很快从专业人士那里得到了答案，在铜坑拍到的那种长喙天蛾的名字叫"黑长喙天蛾"，其外形主要特征包括：翅膀大部分为黑褐色，头及胸部有黑色背线，腹部第1、2节两侧有黄色斑，腹部第4、5节有黑色斑，后翅有较宽的黄色横带。

在四明山，容易被误认为蜂鸟的相对常见的飞蛾，包括黑长喙天蛾、小豆长喙天蛾、咖啡透翅天蛾等若干种。说到这里，关于长喙天蛾的辨识，算是说得比较清楚了。但还有一点我很好奇，即：它在吸食花蜜的时候，身体根本不接触花朵，那么它怎么能够在访花的同时为植物传粉？如果不能，对植物来说，岂不是很亏？白白提供了花蜜，却不能增加传粉、授粉的机会。后来，我的朋友胡松林老师告诉我，长喙天蛾的口器上的细小绒毛可以黏附花粉，从而帮助花朵进行异花授粉。真的，不看不知道，世界真奇妙。

寻虫奇妙夜

七八月间,白天热浪滚滚,实在没法长时间在野外拍照,因此我尽量改在晚上出门,到四明山里拍摄夜间活动的各种小动物。2021年8月,一天夜里,我到龙观章圣寺水库及雪岙村附近的山里,专门寻找、拍摄在草丛、树枝上活动的昆虫。

没有夜间进山经验的人可能不知道,其实,夏天夜晚的山里,恐怕比白天还"热闹"些。我说的"热闹",是指各种小动物的活跃程度。原因也简单,一则白天太热,动物也需要在阴凉处休息;二则不少动物的习性就是白天隐蔽,夜晚才出来觅食、求偶等。

那天晚上,我一到章圣寺水库边,就见到一条竹节虫待在树叶上,伺机捕食。这条竹节虫的体色,几乎跟细小的枯枝完全一样,可以想象,当它白天在树枝上休息的时候,恐怕是很难被鸟类等天敌发现的。而到了晚上,小

鸟睡觉了，为了寻找食物，竹节虫在夜色的掩护下放弃了伪装，大大方方地出现在碧绿的叶子上。不过，以前我在观顶湖旁夜探时，看到一条竹节虫贴在细小的竹枝上，不仔细看也很难发现它。

山路边，各种螽斯在鸣叫，好像在开一场鸣虫音乐会，其中叫得最响的是日本纺织娘。一只梨片蟋（也是一种著名鸣虫），原本在叶片上行走，由于我在拍摄时不小心碰了一下叶子，它立即就地卧倒，尽量紧贴叶面，成"僵尸"状。而附近的一只蝗虫可就大胆多了，只见它在雪亮的手电光下依旧不慌不忙地用前足"拂拭"自己的眼睛，那煞有介事的模样十分好笑。

我慢慢走着，注意到路边的草叶上好像有一滴白色的"鸟屎"，仔细一看，这哪是什么鸟屎，而是一只蟹蛛！这是一个只有几毫米长的小家伙，前半部的身体近乎透明。蹲下来一瞧，呦，它嘴里还有一只小虫呢。原来，它是在享受晚餐。跟通常所见的结网捕食的蜘蛛不同，蟹

竹节虫

日本纺织娘

僵卧状的梨片蟋

蝗　虫

蛛不结网，而是躲藏在叶子旁边或花朵中，专门伏击附近的小虫，可谓相当"阴险"。

那天，还看到一只中华大刀螳待在草叶上，它那一对多刺的前足（即捕捉足）好似威武的双刀，随时都准备挥舞着出击，拿下任何路过的猎物。不过，在我们人类看来，它那椭圆形的大眼睛并不具有威慑力，相反还是很萌的。

比螳螂更萌的，是一条北草蜥。它本来在草叶上睡觉，被我惊动后，还一脸蒙，稀里糊涂往上爬了几步，然后直立着身子，抬头张望了一下。那模样就像是一个单纯的孩子，特别可爱。

当酷暑消退，山林逐渐变得静寂。不过，你仔细听！草丛里有谁在浅吟低唱，发出如铃铛轻轻摇动般的声音？原来这是蟋蟀的一种，大名为"日本钟蟋"。这种蟋蟀在国内分布很广，为著名的鸣虫。原先，我只闻其声，而未见其形，直到夏末在山中夜探时，偶尔拍到一只正在捕食的蟋蟀，请教了熟悉昆虫的朋友才知是日本钟蟋。"八月在宇，九月在户，十月蟋蟀入我床下。"（《诗经·豳风·七月》）看，古人对自然的观察多么细致，随着夏天逝去，天气转凉，连蟋蟀的鸣唱声也逐渐转移到了室内。

中华大刀螳

蟹蛛捕食

北草蜥

正在羽化的黑蚱蝉

蜘蛛捕食飞蛾

日本钟蟋捕食

贴伏在竹枝上的竹节虫

透顶单脉色蟌(雌)

鼎脉灰蜻(雄)

我和萤火虫有个约会

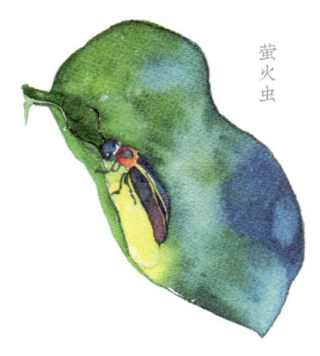

萤火虫

"银烛秋光冷画屏,轻罗小扇扑流萤。天阶夜色凉如水,卧看牵牛织女星。"(唐杜牧《秋夕》)古往今来,夏秋之夕,那点点萤火,不知承载了多少人的童年记忆,也不知引发了多少人的诗情!

我生于江南水乡,萤火虫对我来说并不陌生,少年时代的夏夜,萤火虫就在家门前飞舞。但确实,成年之后,见到萤火虫的机会越来越少了。哪怕前些年痴迷于夜拍,我也不曾在野外见过大群的萤火虫。但我相信,在宁波一定还有着不少适合萤火虫栖息的好地方。

功夫不负有心人,非常幸运,我终于在龙观找到了可以尽情欣赏夜萤飞舞的地方。从此,我就和萤火虫有了一个美好的约会,一年又一年,不见不散。

多年苦寻萤火虫

我从 2012 年开始迷上夜探,曾在横街镇的四明山里、塘溪镇的山区溪流等地方,见到过萤火虫,但数量都不多,观赏性不强。2016 年 7 月,我偶尔获知,江北英雄水库附近有萤火虫。我和女儿赶紧去了,果然找到了不

萤火虫

萤火虫尾部的发光器

少萤火虫。但可惜,一年后再去,却发现由于局部环境的改变,那里的萤火虫数量锐减。后来,在其他地方,也有过类似经历。但我没有死心,心想四明山那么大一个地方,总有一些黑暗、僻静、原生态环境适合萤火虫生存的地方吧!

那么,什么样的地方会成为萤火虫的栖息地?这得从它们的习性说起。萤火虫分陆栖型和水栖型两大类,不管哪一类,都对繁茂、湿润的草木与洁净的水体有较大的依赖性,因此被称为环境质量的指示物种之一。萤火虫靠发出微弱的光来进行求偶,因此,要想看到数量较多的萤火虫,除了要找到一个原生态环境足够好的地方,还得保证那个地方在晚上"足够黑"——哪怕是农村田边多一杆路灯,都会让附近的萤火虫数量骤减,甚至绝迹。

可见,萤火虫对自然环境要求比较高,在有水污染、光污染的地方都是没法生存的。很多原先有萤火虫的农村地区,现在之所以难以见到它们,就跟两大因素有关:一是农药的过度使用;二是路灯越装越多。

以上道理容易理解。不过在前两年,还有一点让我弄不明白,即夜晚的山区溪流附近,其自然条件应该是符合萤火虫的栖息条件的,但为什么萤火虫数量也不多呢?

转机出现在2017年夏天。那年7月底,龙观乡政府的一位干部跟我说,乡政府附近的一个小水库旁有不少萤火虫。8月初的晚上,我出发去那里找萤火虫,但是在黑暗中转了半天,却连一个萤火虫都没有看到,当时真的十分灰心。出来后在一座寺庙前碰到一位村民,他见我独自在夜晚的山里瞎转,十分惊愕,后来听我说明了意图,才笑了,随口说了一句:在种丝瓜的地里,经常可以看到萤火虫。

一语点醒梦中人,我恍然大悟:他说得对!萤火虫的幼虫喜欢吃蜗牛,因此在条件合适的农用地里更可能发现数量较多的萤火虫!道理很简单,采用自然种植法的菜地里的蜗牛密度应该远高于纯野外环境。

山村老屋旁萤火虫闪烁的光点

溪边的萤火虫闪烁的光点

看来，无论做啥事，勤奋固然是必须的，但很多时候换个角度思考一下，或许会有奇效。

流光飞舞惹人醉

且说那天晚上，听了村民无意中说的那句话后，我马上想到，在靠近山顶的地方，有一个古老的山村（为了让这里的萤火虫不被太多人打扰，请原谅我在这里隐去村庄的名字），目前居民很少，路灯不多，不如去村边的菜地找找？

我当即驱车上行，到村口停下。这里清凉而安静，路边倒是有几盏昏黄的路灯，但光线很弱，间隔也远，因此大部分地方都处在黑暗中。身边，除了小溪潺潺的声音，就是时断时续的蛙鸣声。随便走走，很快发现，路边的菜地、灌木丛、竹林……到处都有萤火虫！它们发出忽明忽暗的黄绿色光，自由自在地飞行在温柔的夜色里。也有极少数萤火虫会持续闪光，在空中划出一条美丽的弧线。后来，我还见到了萤火虫的幼虫，幼虫与成虫长得完全不一样，但也会发光，通常是发绿光。

在宁波寻找多年，这是我第一次见到那么多的萤火虫！当时，觉得心里是满满的幸福。

2018年夏天，我再次去龙观的高山上夜拍萤火虫。后来，还曾带队亲子自然观察活动，到那里赏萤火虫。我们看到，萤火虫有的在慢慢飞，有的则停栖在草叶上一闪一闪。静静地站在暗夜中，有时，点着"小灯笼"的萤火虫居然会一闪一闪飞到眼前来，好像在朝我们眨眼睛打招呼，这种感觉非常奇妙。

带队夜观萤火虫时，有一件事令我印象非常深刻。那天晚

草丛上空萤火虫闪烁的光点

萤火虫闪烁的光点

萤火虫幼虫在草丛中爬行时光的轨迹

上,原本天上云很多,看不到星空,不久之后云层散去,偶一抬头,居然看到繁星闪烁。当时,有个小女孩就在我身边,忽然说了句:

"星星变多了,是萤火虫飞到天上去了吧?"

当时我很感动,跟大家说:"这就是诗啊!"

别说孩子,就连大人们都仿佛回到了童年,甚至情不自禁成了出口成章的诗人。那天活动结束后,好几位家长在朋友圈中发了赏萤火虫的"感言"。

有人说:"多年没见那么多萤火虫了,短短几百米路,小精灵频频闪现,大人都陶醉在童年记忆里了……"

有人说:"仿佛误入了另外一个世界。见过再多的照片,也抵不上一只真实的萤火虫在身边忽近忽远地飞,突然停在手上两秒的感觉。"

还有人说:"小时候的夏夜,萤火虫也是遍地飞舞的,夜夜都在,陪伴了我整个童年。那时候不觉得有什么特别,直到现在,因为失去,所以寻觅。"

这就是大自然的魅力。

萤火之约,不见不散

仿佛是赶赴一个美丽的约会,2019年与2020年的夏天,我都去龙观山中看萤火虫。令我感到遗憾的是,村里的路灯开始变多了,特别是原先萤火虫比较多的菜地,被路灯一照亮(哪怕只是远远地照过来),萤火虫的数量就明显少了。

2021年7月16日晚上,我又独自去老地方寻找萤火虫。一到那儿,心里微微一惊,因为我感觉路边又多了两三杆路灯。实地一走,果然,在往年可以见到很多萤火虫的地方,今年只能看到很少的萤火闪烁。仅有的一块有较多萤火虫飞舞的菜地,也是全靠房子挡住了路灯的亮光。

原本想下山回家了,但毕竟心有不甘,于是找了一条荒僻小路,独自往

拍摄萤火虫工作照

夜色沉沉的村外山林走去,看有没有萤火虫。为了发现那闪烁的微光,我不能使用手电、头灯等照明工具,只能在黑夜中摸索行走。起初,我看不清脚下的路,几分钟后,眼睛才慢慢适应了黑暗。眼前有条小路,像浅白色的小河,逐渐清晰地出现在我眼前。当时,因为已经离村庄比较远,心里微微有点儿害怕。

走了好一会儿,忽然看到有星星点点的黄绿色的光,在浓黑的山坡边缘的菜地上空闪烁。越往前走,这点点微光就越密集,顿时欣喜之情驱散了恐惧。天哪,这里的萤火虫真的好多好多,比我之前任何一次见到的都要多!

我立即一路小跑,回到车旁,取出相机与三脚架,再返回原地,开始定点拍摄萤火虫。这地方的萤火虫比较密集,因此在很多时候,单次拍摄的照片里,就已经可以看到很多萤火虫。如果把在同一个位置拍摄的几十张照片叠加的话,我发现萤火虫的光点(或飞行轨迹)过于密集了。

四明山高山上的萤火虫轨迹

两天后,即 7 月 18 日晚上,女儿说她也想去那里看萤火虫。于是,父女俩一起去山村,在璀璨的星光之下,在飞舞的荧光之中,感受自然之大美。

有趣的是,那天还有一个大惊喜。午夜返程时,在深山中的盘山公路上,在汽车大灯照射下,忽见前方约 30 米外有一只头部毛色黑白相间的小野兽。当时,它正低头在路边的排水沟旁行走,似在觅食。我和女儿都惊呆了。我马上停车,不敢说话。十几秒钟后,只见它慢悠悠地转过身子,横穿过路面,然后消失在灌木丛中。

应该是一只鼬獾!我跟女儿说。可惜,当时我愣住了,相机又放在车后座的摄影包里,因此没有拍到它。在宁波的野外,能目睹(更不用说拍到)野生兽类可不容易——当然,赤腹松鼠、刺猬之类比较常见的除外。我上一次在夜色中与小兽相遇,是多年前在龙观的清源溪畔,有幸拍到了一只豹猫。

豹猫(幼体)

羊乳

夏花绚烂何处寻

宋代诗人王淇有首题为《春暮游小园》的小诗:"一丛梅粉褪残妆,涂抹新红上海棠。开到荼蘼花事了,丝丝天棘出莓墙。""开到荼蘼花事了"这一句很有名,在《红楼梦》中也被引用了,其意思是说,荼蘼(一种蔷薇科植物)是暮春的花,等荼蘼盛开的时候,一年中最盛大花事便随着春天的远去而结束了。

是的,春天气温适宜,繁花似锦,夏天天气太热,野花明显比春季少。但正如印度诗人泰戈尔所说"生如夏花绚烂",夏日野芳同样会热烈绽放。在龙观山里,多数夏季特色野花生长在溪流附近,且让我们一起去看看。

初夏"忘忧草"

6月上旬,来到清源溪上游的南坑、铜坑村,老远就可以看到,有硕大的橙红色花朵在溪流边绽放。不用说,这是刚刚盛开的萱草的花,是一种属于百合科萱草属的植物。

萱草的叶与花都很好看。大丛的碧绿的条状叶纵横交错,粗壮的花葶从绿叶丛中挑出,长可达60—100厘米,顶生数个花苞。花朵很大,呈橘黄

或橙红色,非常艳丽。花儿依次开放,晨开暮谢。

萱草属于历史名花。《诗经》中有首诗题为《伯兮》,是说妻子思念在远方服役的丈夫的,诗的最后说:"焉得谖草?言树之背。愿言思伯,使我心痗。"这里的"谖草",即萱草。古人注曰:"谖草,令人忘忧;背,北堂也。"故上述诗句的大意是:"哪里能得到萱草这种忘忧草呢?我要把它种在北堂。日夜把你思念,我的心好疼。"

不过,到后来,萱草作为忘忧草的内在含义慢慢有了改变。有一种说法是,相传妇人常佩萱草花就可以生儿子,有后代则无忧,故萱草之花后来成为中国的母亲花,而有别于西方的康乃馨。至今民间还有"椿萱并茂"的祝词,即祝对方父母都身体健康。椿为长寿之大树,以喻父亲;萱即萱草,指母亲。

有趣的是,在清源溪畔生长萱草的地方,还有一种百合科的野花同时开放,那就是玉簪属的紫萼,它的绿叶呈心形、卵形或卵圆形。如果说萱草是仰天怒放,那么紫萼就是"那一低头的温柔",数朵紫色小花如铃铛挂在花葶上,别有一种韵味。

如今,萱草也好,玉簪也好,在宁波的城市绿地中也常可见到。同样由野花变为家花的,还有栀子的花。初夏时节,野生的栀子在四明山中很常见,其花色洁白,花瓣为单瓣;而城市绿地中种植的栀子花乃是重瓣的变种。

盛夏"野牡丹"

从 7 月下旬开始,地菍成片盛开了,其花期可以持续到 8 月中下旬。在《春夏野果盛宴》一文中,我介绍过它的果实,这里单讲它的花。地菍在雪岙村上游的公路边、中坡山森林公园等地,都不难见到。

地菍为属于野牡丹科的亚灌木,在长江以南广为分布。虽然名为野牡

萱 草

栀 子

紫萼

地 苳

丹,但与牡丹并无关系,后者是属于芍药科的。地苳花叶俱美,虽然低矮如地被植物,但众多植株密集生长在一起,犹如一方绿色的地毯:"地毯"的主要部分是呈卵形或椭圆形的绿叶,叶对生,摸上去柔软如纸;叶丛中盛开着粉紫的花朵,它们仿佛绣在毯上。蹲下来,仔细看,花的雄蕊十分奇特,有长有短,长的雄蕊前端弯曲且略膨胀,呈镰刀状。

盛夏时节,龙观的山路边常可看到的,还有紫萼蝴蝶草、大叶白纸扇、醉鱼草、海州常山等许多种漂亮野花。

紫萼蝴蝶草的花期很长,可从7月一直延续到10月,这是一种属于玄参科的一年生草本植物,叶对生,白色小花如张开的嘴,"嘴"两侧具有明显的紫斑,仿佛村姑的脸颊上抹着特别的胭脂,有种独特的乡野之美。

大叶白纸扇为茜草科玉叶金花属的落叶灌木,花朵很小,如一枚金色的五角星,而几朵小花外侧的花萼裂片看上去很像白色的大花瓣。

醉鱼草为常见落叶灌木,花序呈穗状,小花密集开放,淡紫的花冠为细筒状,常吸引蝴蝶来吸蜜。不过,这种植物有微毒,据说将其捣碎后投入河中,能将鱼儿麻醉,便于捕捉,故得名"醉鱼草"。

在铜坑村上游的小溪边,生长着海州常山,其花冠白色,花丝与花柱都明显伸出于花冠之外,很有特色。

紫萼蝴蝶草

大叶白纸扇

醉鱼草

海州常山

溪畔"彼岸花"

每年8月至9月,是石蒜科野花盛开的季节。石蒜,因有叶时无花,开花时无叶,花与叶永不相见,故有"彼岸花"之称。林海伦老师对龙观的各种石蒜科野花做过仔细调查,他发现了石蒜、中国石蒜、江苏石蒜、稻草石蒜、玫瑰石蒜、乳白石蒜等多种石蒜。

8月初,在南坑村、铜坑村附近的溪流旁,大片的中国石蒜开花了,花色金黄,十分显眼。美丽的碧凤蝶在花丛中翩翩起舞,吸取花蜜。附近的竹林里,还有一种开白色花的石蒜。前几年,当我第一次看到这种花的时候,心一阵怦怦跳,暗想:莫非今天撞了大运,见到传说中的珍稀的乳白石蒜了?走近仔细观察,见其花色纯白,不像以前拍过的稻草石蒜那样白中偏黄,亦无其他颜色的条纹;其花丝很长,伸出于花朵之外,每一枚雄蕊的顶端都举着黄色的花药,十分显著。我当时不能确认这到底是哪一种石

蒜，后来回家查阅林海伦的文章方知，这种石蒜名为江苏石蒜，而非乳白石蒜——两者的花的区别其实很明显，前者花瓣纯白，而后者的花朵背面可见显著的红色中脉。

顺便说一下，在南坑村的山中的岩壁上，还有一种不常见的野花与上述两种石蒜同时开放。那就是吊石苣苔的花，这是一种属于苦苣苔科的野花，植株为常绿小灌木，附生于阴湿的岩壁或古树上。花冠为长漏斗状，呈淡淡的蓝紫色，清秀可人。

中国石蒜

8月底到9月，石蒜（这里指作为石蒜科"科长"的石蒜）也开花了，因其开红花，故俗称红花石蒜。这种石蒜最为常见，在龙观各地均可见到，其中花开得最密集的地方，当属龙王溪畔的田野里。每年9月中下旬，那里的石蒜进入盛花期，简直可以形成小型花海，相当壮观。

江苏石蒜

石　蒜

稻草石蒜

夏末"小铃铛"

2021年9月初,我在清源溪边夜拍,无意中看到山脚的细藤上挂着多个黄绿色的花苞,疑为尚未绽放的羊乳花朵。几天后特意去看,多数花苞已经开放,果然是羊乳!羊乳是桔梗科党参属植物,为多年生草质藤本,全株具乳白汁液。

它的花冠如钟状,恰似一个个清丽的小铃铛,吊挂在攀缘于其他植物的藤茎上。我看到一只蜂钻入花中,其毛茸茸的背部原已沾有花粉,一进入花冠内部采蜜,这些花粉刚好接触到了正中央的雌蕊之柱头,替花儿完成了异花传粉的任务。

羊乳之花,颜色多样。我这次见到的花冠上那反卷的裂片颜色只是微红,内部亦为很浅的黄绿色;而多年前在奉化西坞山中所见的花朵,花冠的裂片呈紫红色,内部亦多紫斑。此后,我在观顶湖、磻溪村附近也见到过羊乳,但总的来说,这是一种不常见的野花。

跟羊乳一样,百合科的油点草

羊 乳

油点草

也是夏末有代表性的野花。所谓"油点草",是指它的绿叶上常有不少灰黑如油迹的斑点。不过较之于叶子上的斑点,它的花更显奇特。小花分上下两轮:上面一轮,有6枚雄蕊,它们向外伸出,有着很多花粉的顶端向下低垂;下面一轮,是反折的花被片(无法分辨是萼片还是花瓣,故合称为花被片),呈白色或淡红色,上有紫红斑点,其基部膨大成囊状。有人说,油点草的花"很像小丑头上的帽子",这个比喻还真是形象。

夏末,也是鸭跖草科野花的花期。在龙观,这个科的野花我拍到过3种,前两种很常见,即鸭跖草与饭包草,后一种相对少见,即杜若。那天,我在山路边拍紫萼蝴蝶草的时候,注意到一旁有种叶子很像山姜的植物——起初我真的以为它们就是山姜,但一看到花及果实,就知道肯定不是山姜了。一查,确认是杜若,是鸭跖草科杜若属的植物。

　　杜若,很美的名字是不是?大诗人屈原的《九歌·山鬼》中有诗句曰:"山中人兮芳杜若,饮石泉兮荫松柏。"大意是说,山中的人儿啊芳洁如杜若,渴饮山泉啊以松柏来遮阴。这里的杜若,是一种香草。而我眼前的正在开花、结果的杜若,花瓣晶莹剔透,也颇有仙气。

　　夏日野花,就是如此美好而富有诗意,让人见之即忘却暑热,而生清静之心。

吊石苣苔

鸭跖草

杜若的花

杜若的果实

龙观的"蝶道"

碧凤蝶

  一位在龙观乡政府工作的朋友告诉我,龙观山里有两个"蝴蝶谷":一是交坑大峡谷,二是南坑村一带。对此我深表赞同,因为这两个地方的蝴蝶种类确实很多。不过,根据自己的实地调查,我还想对这个说法稍作修正,即把"蝴蝶谷"的提法改为"蝶道",因为若说"蝴蝶谷",则必然是指峡谷地带,而不能用来形容高山上的蝴蝶种类较丰富的区域。

  我把龙观的"蝶道"分为两大类。一是靠近溪流或下游水库的山路,重点是交坑大峡谷(下文简称交坑)、五龙潭景区以及清源溪上游的南坑村和铜坑村;二是高山上的观顶湖、磻溪村附近的山路(主要是临近水库的地方)。上述"蝶道"有个相同的特点,即都离优质水体不远,同时植被非常好。现在,就让我们出发去探访"蝶道"吧。

峡谷深深,彩蝶纷飞迷人眼

  在介绍蝴蝶之前,我还得先坦诚说明,其实我对蝴蝶是外行。虽说近些年在野外拍照时见到蝴蝶也会顺带着拍一些,但一直没有好好学着认知与分类,基本上是把照片"扔"进某个文件夹了事。直到2021年夏天,我

观顶湖

才下定决心好好关注本地的蝴蝶。当然，其中很大一个原因，是出于写作本书的需要。因为我想，龙观的蝴蝶这么多，不好好找一找、写一写，可怎么行！

我第一次听到"蝶道"这个说法，是多年前在林海伦老师那里。犹记得，那时候我女儿还在读小学呢，我和朋友都带上自家孩子，跟随林老师到龙观铜坑村寻蝶。那时候，从石鼓门水库到铜坑村那一段路，还只是简陋的砂石路，但原生态环境比现在更好。正是在铜坑，林老师说，他把此地溪流附近的小路称为"蝶道"，意思是这里蝴蝶种类很多。

而在本文中，关于峡谷型的蝶道，我以自己探访次数最多、收获最丰的交坑为例来介绍。这里所说交坑大峡谷，不仅包括峡谷内部的中坡山森林公园，也包括峡谷末端的外牌楼水库。2021年秋天，我在外牌楼水库旁记录到了约50种蝴蝶，其中不乏比较少见的种类，这个数字把我自己也惊到了。龙观蝴蝶资源之丰富，由此可见一斑。

中坡山森林公园内山高林茂，溪水曲折幽深，多急流飞瀑。优质的原生态环境带来了良好的生物多样性，比如说，2013年夏天，我第一次在宁波境内发现小燕尾这种鸟，就是在这里；另外，宁波境内罕见的兰科植物绿花斑叶兰在这里也有分布。至于中坡山森林公园内的蝴蝶、蜻蜓、蛾子等昆虫资源，那就更丰富了。下面先讲个关于蝴蝶的小故事，关于一种少见的美丽凤蝶——穹翠凤蝶的故事。

2013年8月24日，在中坡山森林公园的溪边，我看到一只近乎黑色的"碧凤蝶"停在树叶上，没有任何破损的双翅完全平展，一动不动，就像是一件挂在森林中的完美的标本。我悄悄走近，它并未受到惊动。贴近拍摄，只见它的翅膀上全是亮晶晶的蓝绿色鳞片，就像无数的小星星缀满了幽黑天幕，实在是美极了。

回家后，我把"碧凤蝶"的照片发到了微博上。有人说，这不是常见的碧凤蝶，而是比较少见的穹翠凤蝶哦！可我看来看去，不明白这两种蝴蝶有啥区别。经高人指点，方知有一个区别：在尾突上，碧凤蝶的蓝绿色亮鳞相对较为集中，没有扩散到外缘；而穹翠凤蝶的蓝绿色亮鳞的分布已抵达尾突边缘。另外，碧凤蝶的后翅正面的外缘有多对红色弦月纹，而在同一位置，穹翠凤蝶通常只有一对红色弦月纹。

巧的是，2021年7月，在中坡山森林公园内，我又拍到了一只穹翠凤蝶。当时它一直在林下阴暗处飞，费了好大劲，终于拍到一个翩然飞去的背影。看来，我跟这种凤蝶还真是有缘。

在交坑，除了碧凤蝶与穹翠凤蝶，我见到过的凤蝶还有青凤蝶、蓝凤蝶、玉斑凤蝶、玉带凤蝶等。其中，乍一看，蓝凤蝶跟碧凤蝶与穹翠凤蝶也有点像，但它没有凤蝶常有的尾突，因此还是比较好分辨的。玉斑凤蝶在宁波也不多见，我在外牌楼水库旁的小路上见到一次，但可惜没拍到，所幸此前我在雪岙村的龙观庄园旁拍到过。

穹翠凤蝶

碧凤蝶

相对于在宁波种类较少的凤蝶，蛱蝶科（注：这里采用目前普遍使用的中国蝴蝶5科分类系统，因此把眼蝶、环蝶、珍蝶、斑蝶、喙蝶等归为蛱蝶科）的蝴蝶在交坑大峡谷实在是很多，如斐豹蛱蝶、琉璃蛱蝶、美眼蛱蝶、矍眼蝶、密纹矍眼蝶、散纹盛蛱蝶、黄钩蛱蝶、大红蛱蝶、小环蛱蝶、新月带蛱蝶、素饰蛱蝶、华东翠蛱蝶（以前被算作西藏翠蛱蝶）、朴喙蝶等。

不过，限于篇幅，实在没法一一介绍。这里关于素饰蛱蝶倒是要多说几句。我第一次见到这种较少见的蝴蝶并不是在交坑，而是在清源溪畔。2021年8月初，我陪龙观乡政府的几个年轻人到清源溪边寻找他们想"代言"的特色物种，先观察了地苍、红果山胡椒等几种野果，忽然有个小伙子说："快看，这是什么蝴蝶，很漂亮！"我一抬头，一只近乎黑色的蝴蝶从眼前飞过，停在树叶上。近距离细看，才被它惊艳到了，其翅膀是近似天鹅绒

外牌楼水库旁的小路，是观察蝴蝶的好地方

玉斑凤蝶

素饰蛱蝶

华东翠蛱蝶

的蓝黑色，质感非常好；后翅背面为较深的棕褐色，边缘有一排蓝白色的圆环；翅膀的腹面，以蓝黑为底，多细碎的白斑。现场有人由衷赞叹："我看，或许哪个设计师可以从这种蝴蝶那里得到灵感，来设计一套晚礼服，一定很好看！"

至于灰蝶科、粉蝶科、弄蝶科的蝴蝶，在交坑也可见到非常多，如亮灰蝶、玛灰蝶、齿翅娆灰蝶、尖翅银灰蝶、菜粉蝶、东方菜粉蝶、黄粉蝶、曲纹黄室弄蝶、河伯锷弄蝶、中华捷弄蝶等。

高山苍苍，别有幽径可探寻

有"宁波天池"之称的观顶湖，也是我常去的地方。多年前，我曾在那里的竹林中见到过箭环蝶。箭环蝶是宁波最大的蝴蝶之一，常可见到它在幽暗的绿竹林中扑闪着黄色的大翅膀飞来飞去，特别引人注目。箭环蝶具有趋光性，我清晰地记得，有一次在四明山的竹林里夜拍金蝉脱壳，结果引来一只箭环蝶夹头夹脑地"攻击"我的头部（我戴着头灯），烦得不行。后来，总算有那么一会儿，它停在了蝉的上方。灯光照透了蝴蝶的双翅，鲜明地显露出了翅膀边缘那一圈箭镞状黑斑（也很像小鱼图案）——而这，正是箭环蝶名字的来源。

2021年秋天，我和女儿去观顶湖畔的砂石路上寻蝶。由于树木茂密，那条路显得有点幽暗，野花也不多。不过，我们还是看到了好几只蛱蝶科黛眼蝶属的蝴蝶，主要有两种，即黛眼蝶与连纹黛眼蝶。这个属的蝴蝶似乎不大爱访花以吸取花蜜，而更喜欢吸食树液，因此常出现在比较阴暗的林荫道上。黛眼蝶是这个属的"属长"，它的特征比较明显，不容易被认错：翅膀的腹面为很深的棕褐色，后翅有6个眼斑，外缘中部有明显角状突出；后翅还有灰白色横纹，略似云朵状。

箭环蝶

那天,我们还见到了一种较罕见的蝴蝶,中华捷弄蝶。本种翅黑褐色,翅正反面斑纹基本一样。其前翅近顶角处有5—6枚排成"S"形的小白斑,前翅中域向后与后翅中部连成白色宽带;两翅外缘有深褐色宽边,亚外缘线模糊。在观顶湖这次,是我第二次见到这种弄蝶,上一次是在交坑。我两次拍到时,它们都在豆科植物上,第一次是在访花,第二次则是在叶面上产卵。

2021年国庆假期,我和女儿到龙观的另一个高山村即磻溪村走走。村外有个小水库,环境清幽,平时少有人来。那天艳阳高照,湖水碧蓝,山路边盛开着三脉紫菀、东亚老鹳草、牯岭凤仙花等野花,菜粉蝶、宽边黄粉蝶、密纹矍眼蝶等不少蝴蝶沿路款款低飞。其中,最引人注目的是斐豹蛱蝶,这是宁波最常见的蛱蝶之一,常飞翔于花丛中,不甚怕人。斐,意为"有文采的",故"斐豹蛱蝶"就是"色彩与斑纹美丽的豹蛱蝶"之意。路边,苎麻珍蝶也有不少,这是宁波本地唯一可见的蛱蝶科珍蝶属蝴蝶,甚常见,尤其是在发生期,可见多只在同一区域。苎麻珍蝶的翅膀为黄褐色,翅形狭长,飞行舒缓,易于识别。雄蝶翅黄色,较鲜亮;雌蝶翅膀颜色较淡。本种一年可发生多代,雌蝶将卵成片产于荨麻科植物(如苎麻等)的叶片下,幼虫群栖,密密麻麻在一块儿。

走过水库,进入两边皆是竹林的阴暗山路。忽听女儿说:"地上有只螳螂!"过去一看,原来是一种棕静螳。跟最常见的中华大刀螳不同,这种深褐色的螳螂相对少见,个子较小,在地面不动的话简直跟一根枯枝无异。沿路虽然照不到阳光,但蝴蝶依旧不少,所见较多的,跟观顶湖边一样是蛱蝶科黛眼蝶属的蝴蝶。

往回走的时候,我还拍到了一种具有明显的棕色与白色斑纹的蛱蝶,当时它正在访花,阳光穿透了它的翅膀,为这只美丽的蝴蝶添了一份光彩。不过,我以前从未见过这种蛱蝶,叫不出它的名字。回家后翻了好几本专业蝴

黛眼蝶

中华捷弄蝶

棕静螳

斐豹蛱蝶（雌）

苎麻珍蝶交尾

迷蛱蝶

蝶图鉴,都没找到一模一样的。无奈,我把它的照片发到了微信朋友圈里,向熟悉蝴蝶的朋友请教。答案很快来了,这是迷蛱蝶。我再一翻书,原来书上还是有的,只不过我没有注意到。迷蛱蝶是蛱蝶科迷蛱蝶属的"属长",在宁波不常见。

留得好山水,自有蝶恋花

上面非常粗略地介绍了我在龙观的峡谷、高山环境中见到的部分蝴蝶。其实,在龙观其他不少地方,也有望找到一些特别的蝴蝶。2021年10月17日,我到著名的桂花之乡龙观李岙村,看桂花开了没有——受持续气温偏高影响,2021年的桂花开得特别迟——顺便,也去村外的一个小水库边寻蝶。运气真的很好,当时,我在盛开的三脉紫菀的花上见到了一种特别的弄蝶。

熟悉蝴蝶的人都知道,大多数弄蝶的颜色为褐色、暗黄之类,很不起眼,但那天在我眼前访花的弄蝶是蓝绿色的!原来这是一只绿弄蝶!它属于弄蝶科绿弄蝶属。本种头部、背部灰蓝色;翅正面暗褐色,基部绿色;两翅反面蓝绿色,翅脉黑色;后翅臀角略凸出,有醒目的橙色斑纹,中间有黑

绿弄蝶

斑。好多年以前,我曾拍到过这种蝴蝶,可后来再也没见到过。这次"久别重逢",自然十分高兴。

最后适当小结一下。在宁波,说到蝴蝶,不提到林海伦是不可能的。林老师是宁波著名的博物学家,不仅是植物专家,同时也是"蝴蝶大王"。他持续寻找、研究宁波蝴蝶30多年,在本地绝对是无人能出其右。2021年10月,林老师还专门写了一篇题为《从五彩蝴蝶来看宁波的生物多样性》的文章。文中说:

> 每种蝴蝶都有自己钟爱的口粮,换成别的食物它们是无法接受的,只能活活饿死。只有当相应的植物出现时,它们有可能在此安家落户,否则是不可能生存的。因此,一个地区的植物种类往往直接决定这个地区的蝴蝶种类,物种的多样性意义就在于此。

所以,尽量少去打扰荒野,不轻言"开发",切实保护好乡土植物群落,就是为生物多样性保护提供了一个最好的基础。被称为"会飞的花朵"的蝴蝶在某地的种类之多寡,也在很大程度上反映了该地的环境质量。根据林老师的记录,截至2021年10月底,在宁波确认有分布的蝴蝶已达219种。这其中,记录比较稳定、看到概率较高的有一百多种,其他好几十种蝴蝶属于本地少见蝶种或珍稀蝴蝶,要想一睹它们的风采并不容易。我十分希望,随着生态保护力度的加大与野外调查的深入,能在龙观记录到更丰富的蝴蝶种类。

"黄四娘家花满蹊,千朵万朵压枝低。留连戏蝶时时舞,自在娇莺恰恰啼。"(唐杜甫《江畔独步寻花·其六》)开满鲜花的小路,自然成为彩蝶飞舞的"蝶道"。

留得好山水,自有蝶恋花。难道不是吗?

蓝凤蝶(雄)

宽边黄粉蝶

矍眼蝶

亮灰蝶,在吸食菊科野花千里光的花蜜

尖翅银灰蝶

玛灰蝶

东亚老鹳草

牯岭凤仙花,花期很长,从盛夏持续到深秋

秋登鹁鸪岭

陀螺紫菀

"鹁鸪岭上鹁鸪岩，身如巨鸟不能飞。春去秋来野菊黄，林中却闻鹁鸪鸣。"这是我胡诌的打油诗，既不押韵也无意境可言，不过我自认为倒是挺形象地描述了深秋行走鹁鸪岭古道的感受。

在宁波有两处比较知名的鹁鸪岩：其一，是余姚境内四明山地质公园内的鹁鸪岩，一块较小的岩石犹如鸟之头部，搁在一块巨岩上，整体就像是一只斑鸠（即古语所云"鹁鸪"）站在那里俯瞰群山；其二，是龙观乡鹁鸪岭古道上的鹁鸪岩，亦因山顶巨石形似鹁鸪而得名，不过由于山高路陡，可能爬上去看过的人要少一些。其实，这条古道还是非常值得一走的。

昔日交通要径，今成探幽胜地

张家新村是龙观乡山下村的一个自然村，进村后马上就可以看到一块写着"鹁鸪岭古道"的路牌，依指示左转步行约200米，即可来到山脚的古道入口处。一条石径由此蜿蜒向上，约2公里后到达山脊线，翻过山一直往下走，就可到达古道的另一头，即奉化溪口镇的状元岙村，全长5公里左右。

可别小看这条幽僻的山路，在古时乃至近代，它可是连接鄞奉两地的交

山脊线上的指路牌

通要道。由于龙观、鄞江等乡镇与奉化之间都隔着山，旧时人们从鄞西的龙观（龙观乡原属于鄞州区，近年划入海曙区）等地前往奉化溪口，鹁鸪岭古道无疑是最便捷的通道，它承载着通信、通商、通婚等重要功能。据说，民国时期，蒋介石回奉化溪口老家或从溪口前往宁波，有时会经过鹁鸪岭古道，当时在山下村有警卫部队驻守。

且不说那么远的事，其实在2010年8月龙溪隧道通车之前，近在咫尺的龙观乡与溪口镇的两地人民来往还是非常不便的，开车需要绕行一大圈，费时费力；而龙溪隧道贯通后，只要短短4公里，就已经从龙观到了溪口境内，由此五龙潭景区与溪口景区这两个著名景区也被紧密连接在了一起。龙溪隧道通车后，鹁鸪岭古道所承担的交通功能实际上已不存在了，而随着近年来古道探幽热的兴起，这条古道在不知不觉中倒成了寻访历史遗韵、感受自然之美的好地方。

幽静的鹁鸪岭古道

珠颈斑鸠,俗称野鸽子,无论城区还是山里都很常见

说来惭愧,虽然早闻其名,但我以前竟不曾走过这条古道。2021年11月中旬,趁着秋高气爽,我决定独自去探访一下。上午9点多,古道上别无他人,除了轻轻的风声与鸟声,其中有珠颈斑鸠的"咕咕"声,一片静寂。太阳刚从山背后升上来,温暖的光线斜斜地照上树梢,唐诗所谓"初日照高林""山光悦鸟性"说的就是这个意境吧。

熠熠溪边野菊黄

沿着略显崎岖的石阶路缓步而上,溪水在右边沟谷中叮咚流淌。菊科野花三脉紫菀在路边随处可见,其紧挨在一起的小花通常是白色的,偶有粉紫色。偶尔还能见到几株唇形科的华鼠尾草,它们那紫色小花在柔弱的草茎上围成一圈,还像兰花一样有着"唇瓣",看上去颇为俏皮。

忽见前面一株常绿灌木上挂满了红色果子,颗颗鲜艳欲滴,十分诱人。

三脉紫菀

华鼠尾草

海金子,果实绽裂后露出鲜红的种子

靠近细看,方知那红色的一粒粒不是果子,而是果壳绽裂后露出的十几颗种子。我第一感觉这是海桐(城市绿地里常可见到的一种观叶观果两相宜的常绿灌木),但马上觉得不对,海桐的叶子先端比较圆钝,而眼前的叶子先端却是尖尖的。后来才想起来这是海金子(也叫崖花海桐),也是属于海桐花科的植物,难怪果实的特征和海桐几乎是一样的。

太阳越升越高,当我走到半山腰的时候,从树林中斜射出来的光线已照到低矮的灌木上。不远处,一大丛金黄的千里光被阳光穿透,熠熠生辉,十分引人注目。千里光为多年生攀缘草本,是深秋常见菊科野花,也是比较常用的中草药,可以全草入药,具有清热明目之功效。千里光的花朵极繁盛,有时竟如金闪闪的微型瀑布一般。不久前,我在龙观章圣寺水库附近的一个小山冈上,见到一大丛盛开的千里光从屋顶垂挂下来,还盖住了一辆废弃的摩托车。

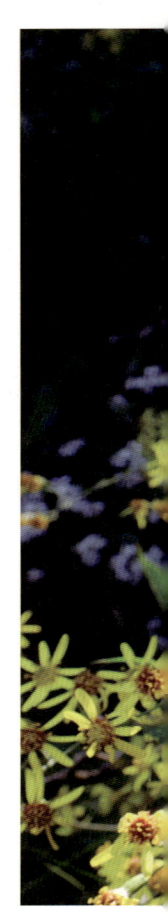

我蹲下身来,开始拍摄这丛闪亮的千里光。这时,忽然闻到一股略带中药气息的香味,扭头一看,原来身边还有一丛盛开的野菊。这里得特别说明一下,这里的"野菊",正是这种植物的正式中文名,而非泛指的野菊花。这丛朴素的黄色野菊,具有"经典"的菊花的样子,虽没有人工培育的菊花那么多姿多彩,但香气特别浓郁,闻之可以醒脑。以前到四明山的山村玩,常有老人在卖可以泡茶喝的野菊花,所采用的正是这种野菊。

随即又看到,附近还有不少三脉紫菀与陀螺紫菀。这两种菊科紫菀属的野花长得有点像,最直观的区别是花朵的大小。三脉紫菀的花只有一角钱硬币大小,而陀螺紫菀的花比一元钱硬币还大。另外,花朵所生的位置也不同,三脉紫菀的花一丛丛开于植株的顶部,而陀螺紫菀的花生于叶腋,沿着枝条一路开下来,宛然一条缀满了花儿的柔鞭。

千旦光

野　菊

陀螺紫菀

直上鹁鸪岩,俯瞰两地景

继续前行,接近山脊线的时候,有一段路比较平缓。山径两旁的林木树叶斑斓,处处闪耀着金红的光。有的树的叶子特别大,像小型的芭蕉扇。一阵山风吹过,树叶簌簌飘落,甚至能清晰听到叶子落地的啪嗒声。附近,传来阵阵鸟叫声:在灌木丛中窃窃低语的,是黄喉鹀(wú)、灰头鹀之类的小鸟;成群吵闹的,有淡眉雀鹛(méi)、棕头鸦雀;还有几只在远处大声喧嚷,我没有看清楚它们,怀疑是某种噪鹛。

很快到了山脊线,直走的话就下山到溪口去了,而如果沿着左边的山路继续往山顶方向爬,就是前往鹁鸪岩了。此段路甚陡,我背着沉重的摄影包奋力攀爬,很快就气喘吁吁,大汗淋漓。路边有株杜鹃,零星开了几朵粉紫的花。春花在秋天少量开放,也属正常,毕竟这个时节的气温跟春天差不多。接近山顶时,偶抬头,但见一块岩石如巨大的帽檐凸出于基部的巨岩之上,走到"帽檐"下面一看,方感觉称之为石屋的屋檐更合适一些,其大小足可以挡风遮雨。不用说,这肯定就是鹁鸪岩了,它可比四明山地质公园的鹁鸪岩大太多了。

我绕着这鹁鸪岩走了大半圈,还看到了巨岩之间类似"一线天"的裂缝,以及一些形状奇特的孔洞。显然,这是比较典型的丹霞地貌。我以前曾多次从溪口境内上山,专门考察、拍摄这一带山中的丹霞地貌。

之后,走到鹁鸪岩顶上,眼前豁然开朗。岩顶边缘装有栏杆,可以凭栏远眺。向右,几乎可俯视龙观乡之全貌;向左,则是奉化溪口镇,而龙溪隧道正是从脚下的山体中穿过。

拍完风景后下山,我没有原路返回。因为,我注意到鹁鸪岩的另一侧还有一条通往山下村的小路。这是一条更陡峭的路,尽管我非常小心,尽量蹲下身子、降低重心行走,但还是滑了一跤。一路下去,可以见到很多属于丹

鹁鸪岩　　　　　　　　鹁鸪岩巨岩之间的裂缝

在鹁鸪岩顶上可以凭栏远眺

霞地貌的岩石，各种形状的都有，值得一观。

到了半山腰，小路两边以竹林和低矮灌木为主。忽然，前方"扑啦啦"一声，一只棕褐色的野鸡从我眼前飞过，从山路的右边飞到了左边的林子里，眨眼不见了踪影。我吓了一大跳，尽管不可能反应过来立即拍摄，但我还是清楚地看到了它那张开的尾羽外缘那一排明显的白斑。毫无疑问，这是白鹇的雌鸟！天哪，这是我第一次在宁波境内见到白鹇！

白鹇的雄鸟与雌鸟，摄于云南

早在2017年秋天,我的第一本书《云中的风铃:宁波野鸟传奇》出版了,在书中那篇关于雉鸡的文章里,我曾写下这样一段话:

> 白鹇在宁波之外的西、南、北这三个方向的山区都有确切分布记录,但遗憾的是,迄今无人在宁波拍到过白鹇。宁波多位资深观鸟人士分析认为,白鹇在宁波没有理由没分布,只不过暂时没实证而已。据了解,我市林业部门已开始在部分山区安置红外相机,但愿在不远的将来,白鹇也能在宁波华丽亮相。

而这个"不远的将来",出现在2021年10月5日。那天,我的一位喜欢拍鸟的外国朋友山姆(Sam,宁波诺丁汉大学的老师),在鄞州区横溪镇的山里拍到了一只白鹇雄鸟。而现在,仅过了一个多月,我在龙观的山里亲眼见到了这种属于国家二级保护动物的珍稀鸟类!

秋登鹁鸪岭,不但饱览了美丽的风景,还发现了白鹇,这是不是这次进山的最大惊喜呢?

映山红

淡眉雀鹛,宁波山野的常见小鸟,常成群结队活动

棕头鸦雀，本地常见小鸟，从城市到山野都可见

灰头鹀，本地常见冬候鸟

西南卫矛

深秋南坑赏野果

藏于深山的南坑，位于公路交通之末端，村子虽小，但环境清幽，未遭开发，其原生态得到了较好的保留。这在当今实属难得。我已经不记得自己去过南坑多少次，总之，年复一年，留下了大量的自然观察记录。在本篇以前的文章里，比如关于野花、蝴蝶的，已多次提到南坑，但我还是要专门写一篇，这回是关于野果的。

一到深秋，南坑村后面上山的古道，不仅树叶斑斓，而且野花、野果繁多，一路走来，赏心悦目。我把这里的野果分成两大类：一是可以吃的；二是仅供观赏，不能食用的。下面就为大家简单介绍一下这些可爱的野果，或许以后能为大家到龙观来秋游增加一些乐趣。

秋天的"野草莓"

在《春夏野果盛宴》一文中，我重点介绍了春末夏初的"野草莓"，如蓬藟、山莓、空心泡等。其实，丰富而慷慨的大自然，在草木凋零的季节，也依旧给我们（不仅指人类，也包括喜欢吃野果的小动物，如鸟类、松鼠等）甜美的馈赠，如高粱泡、寒莓等——它们跟春夏的"野草莓"一样，都属于蔷

南坑古道

南坑古道秋色

蔷薇科悬钩子属。

  2018年10月下旬,我受邀带孩子们到南坑进行自然观察。犹记得,那天,我们沿着溪边的古道拾级而上,没走几步,就听到前方的高处传来一阵"窸窸窣窣"的声音,伴随着吵闹的鸟叫声。抬头一看,原来眼前是一座小庙,庙墙外有一株香樟。树冠层中有好几只灰树鹊,它们正啄食香樟的果实,吃得正欢,搞得不少果实如下雨般掉下来。

  走过小庙,小路右边有一堵孤零零的石墙,墙面被植物所覆盖,一串串鲜红诱人的果实形如葡萄,挂在绿叶丛中。我跟孩子们说,这野果叫作高粱泡,是可以吃的,酸甜可口。我还开玩笑说:"我们就把这个当作饭后甜点吧!"小朋友巴不得听到这一声呢,顿时一拥而上,纷纷去摘果实。我赶紧说:"小心,小心!枝条上有很多刺,不要割破了手!"

灰树鹊吃香樟果

高粱泡

寒　莓

有个小男孩身手敏捷,已经把几颗高粱泡扔进了嘴里。不过,他马上说:"什么甜点呀,应该叫'饭后酸点'更合适吧!"话音未落,大家都哈哈大笑。确实,在10月份,多数高粱泡的果实水分相对较少,口感较酸。到了11月,果实就会变成深红色,也更饱满,吃起来也没那么酸了。

继续往前走,在路边看到不少寒莓。寒莓的果实在10月下旬就有少量成熟,从11月中下旬开始,一直到12月、1月,才是寒莓的盛果期。寒莓口感清甜,不怎么酸,可谓秋末冬初的野果中的上品。

跟善于往高处爬的高粱泡不一样,作为常绿藤本的寒莓不往树上攀缘,而是贴地而生,大片大片地生长在山边灌木丛中、竹林下。因此,若要寻找寒莓,可不能抬头看,而是要低头留意脚边,相信不难发现寒莓那鲜红、饱满且晶莹的果实。寒莓的叶子很独特,接近圆形,像缩小了的莲叶,这跟其他常见的悬钩子属的植物都不一样。

在溪流边，我们还看到了南五味子的果实。这种植物是常绿藤本，果实很好认——稍远看去，就像是一个红色的小圆球挂在藤上；近处观察，方知这个深红中带暗紫的圆球是由好多弹珠一样的浆果聚合而成的。南五味子的果实还是红色的时候，并不好吃，要等到几乎变成黑色，味道才会比较甜。

那天的活动结束后，我看看时间尚早，就独自一人沿着古道继续往山上走。无意中低头一看，居然发现一枚四照花的果实。马上抬头在身边的树上找，却没有看到一颗挂在枝头的果实，看来已经落尽了。四照花的果实也是可以吃的，因外形有点像荔枝，俗称"山荔枝"。

南五味子，熟透后为黑紫色

四照花的果实，俗称山荔枝

南坑山路边可供品尝的常见野果,还有盐肤木、金樱子等。另外,我看宁波植物达人小山老师的文章,了解到在附近的铜坑村的山里,还有拐枣、中华猕猴桃等。限于篇幅,就不逐一详细介绍了。

盐肤木的果实表面有层"盐霜",咸酸可口

中华猕猴桃

斑斓多样的观赏性野果

较之可以吃的野果,在南坑的古道边,不能吃的观赏性野果就更多了。那次带孩子们在南坑玩,在爬满高粱泡的那堵石墙的背后,就有另一种野果:王瓜。这是一种属于葫芦科栝(guā)楼属的多年生草质藤本植物,果期为8—11月。果未熟时绿色,到深秋变熟,则为橙红色,如小灯笼挂在攀缘的茎上,蛮好看。

再往前走,溪边还有一堵石墙。墙头上有一丛何首乌,而墙角处则有豆科植物鹿藿。秋天,鹿藿的荚果绽开了,露出了几颗黑色的种子,有点像眼珠子。因此,鹿藿的俗称叫作"老鼠眼"或"老鼠豆"。

一旁的灌木丛中,也挂着不少形如极小的红番茄的野果。这种植物的名字叫作白英。白英为茄科的草质藤本植物,果熟时鲜红、晶莹,也十分好看。

溪边最漂亮的野果,当属西南卫矛。其实,卫矛科植物的果实都

王 瓜

鹿 藿

白 英

西南卫矛（果未绽裂）

西南卫矛（果绽裂后露出种子）

很好看，每到深秋，果实的外壳绽裂，露出里面鲜红的种子，艳丽可爱。南坑溪边的这株西南卫矛，年年挂果很多，随着秋意渐浓，这些果实也慢慢从青黄变成微红，然后变成紫红，最后果壳开裂，红艳艳的种子露了出来，在阳光下闪闪发亮。

　　山坡上，还可看到紫珠、算盘子、南天竹等野果。它们在四明山里广为分布。这里说的紫珠，是马鞭草科紫珠属植物的统称，在四明山里有很多种。它们的果实为众多紫色的小珠子聚在一起，观赏性很强。算盘子的果形奇特，起初如一个个算珠子，等绽裂后会露出红艳艳的种子。深秋，南天竹红果满枝，由于其枝叶、果实皆美，如今在城市里也广为种植。而在龙

紫　珠

算盘子

南天竹

观，村民喜欢把南天竹当作篱笆，种在房前屋后或田地里。

最后再介绍几种属于紫金牛科紫金牛属的野果，分别为朱砂根、红凉伞与紫金牛。它们在宁波广为分布，当然在龙观山里也很常见。

朱砂根属于紫金牛科紫金牛属的常绿灌木。秋冬时节，朱砂根的果实由绿转红，绿叶之下一颗颗鲜艳的红果紧挨在一起，犹如晶莹的玛瑙绕成一圈，有人打趣说那是"腰缠万贯"。

跟朱砂根长得几乎一样的植物，是红凉伞。那么该如何区分它们呢？其实很简单，只要你"屈尊"蹲下身来，撩开其绿叶，看叶背的颜色就一清二楚了：如果是朱砂根，那么叶子反面还是绿色的；如果是红凉伞，则叶子反面是紫红色的——要不怎么叫"红凉伞"呢？

那么，紫金牛作为这个科的"科长"，和朱砂根、红凉伞的区别又在哪里呢？说来有趣，虽然它是老大，个子反而是最小的。朱砂根、红凉伞的植株高度通常在50厘米左右，有的甚至可达1米以上，而紫金牛的高度通常只有10—30厘米，几乎是贴地而生。而且，跟朱砂根、红凉伞的挂果密集不同，紫金牛的叶子底下只挂两三颗果实，有的只有一颗。

顺便说一下，有人赠送紫金牛这类植物一个雅号，名为"凉伞盖珍珠"，这倒是名副其实，可谓生动描述了晶莹如珍珠的红果挂在叶下的模样。

当然，秋天行走在南坑古道，不仅可以尝野果、赏野果，还可以看到各种各样的野花，其中菊科植物占了绝大多数，如三脉紫菀、陀螺紫菀、藿香蓟、野菊、千里光等。野花多的地方，昆虫必然也多，如各种蝴蝶、螳螂等，都值得一观。不过，得提醒大家的是，由于年久失修，目前的南坑古道比较破旧，植被也极为茂盛（以至于夏季几乎没法进去），深秋时节山里虽然敞亮了不少，大家去玩的话，还是要注意安全。同时，我也希望，在确保不损坏原生态的前提下，南坑古道能得到整修。

朱砂根,是著名的观果植物,也是一种中药材

红凉伞,叶背颜色紫红,是跟朱砂根的区别所在

紫金牛,植株低矮,高度10—30厘米

隐秘的鸳鸯湖

鸳鸯

近几年,在宁波城市周边,陆陆续续已发现了多个有大量野生鸳鸯来越冬的"鸳鸯湖"。我所说的"周边",指车程离市中心一小时以内的范围。那么,这些湖主要有哪几个呢?最早发现的,是江北区的英雄水库、荪湖。后来,在东钱湖也看到过不少鸳鸯,不过由于东钱湖面积太大,对于观鸟人士来说恐怕不是很方便。随即,令人高兴的是,东钱湖畔的动物园水禽湖内,居然出现了很多野生鸳鸯。

以上提到的地点,分别是在宁波城区的北边与东南方向,那么在宁波西边的四明山里,有没有类似的"鸳鸯湖"呢?当然是有的,如余姚的一些湖泊、水库里就有鸳鸯越冬。但离市区比较近的,我却一直没有找到——直到 2021 年 11 月,在海曙龙观乡的外牌楼水库发现了越冬的鸳鸯。

彩蝶翩翩飞,忽闻鸳鸯鸣

外牌楼水库位于龙观乡乡政府的西边一点,是一个狭长形的水库,东西长不到 2 公里,而南北岸之间最宽的地方也就 200 米左右。南北两岸山峰耸峙,南岸的水边是原生态的茂密森林,没有道路;而沿着北岸有一条很美

深秋，位于外牌楼水库库尾的荻花

的砂石路，很适合步行进行自然观察，赏花、寻虫、观鸟都不错。

2021年10月中旬，我去外牌楼水库边拍蝴蝶。金秋十月，正是野生菊科植物开花的时节，山脚下，三脉紫菀、陀螺紫菀、白花鬼针草等都开得正好，吸引了很多蝴蝶来采食花蜜。没走一会儿，就看到了近十种蝴蝶，如东方菜粉蝶、宽边黄粉蝶、青凤蝶、亮灰蝶、玛灰蝶、散纹盛蛱蝶、斐豹蛱蝶、小环蛱蝶等。忽见右边几米外的芒草的残叶上有一枚奇怪的"落叶"，它呈深褐色，"叶缘"为钩状，但从它所处的位置来看，照理说不应该可以直立在那里。凑近一看，我又看到了它的"叶脉"与"叶柄"，但那不是真的落叶，而是一只敛起双翅正在休息的美眼蛱蝶！

美眼蛱蝶，属于蛱蝶科眼蛱蝶属，在国内分布广泛。这是一种很好看的蝴蝶，其双翅的背面为橙黄色，前后翅都有明显的眼斑，尤其是后翅的一对眼斑特别大，如一双炯炯有神的眼睛，因此被称为"美眼蛱蝶"实不为过——不过估计会吓着本欲捕食蝴蝶的小鸟。翅的腹面在不同季节有不同

美眼蛱蝶（背面）

美眼蛱蝶（腹面）

的色彩与纹路，春夏时节为较浅的黄褐色，也有眼斑；在秋季，腹面无眼斑，酷似一枚枯叶。

小心翼翼靠近它，蹲下来仔细拍了这枚有生命的"枯叶"，才满意地直起身来。就在这个时候，我听到从水库那里传来响亮的叫声："啊！"过了几秒钟，又是一声"啊！"这叫声均为单音节，音调较高，略显尖锐，持续不断。

鸳鸯！是的，对于这叫声，我再熟悉不过了，以前在野外听过无数次了。我无心再拍蝴蝶，立刻走到砂石路临水的那一侧，想找一个没有树木遮挡的位置观察鸳鸯。没想到鸳鸯还没看到，倒先惊飞了一只夜鹭——它原本站在水边的树枝上，正伺机捕鱼。稍后，在前面找到了一个视野相对开阔可以看到对岸的地方。先凭肉眼大致看了一下，没有见到一只鸳鸯，只看到小䴙䴘在潜水抓鱼吃。随即举起长焦镜头，对着南岸植被茂密处的水边仔细搜索。不出所料，那里有十几只鸳鸯正优哉游哉地贴着岸边游动。

夜　鹭

小䴙䴘，善潜水捕鱼

鸳鸯，游在荻花的倒影旁

后来，在附近找了很久，没有发现更多鸳鸯。想来，这是第一批飞到这里越冬的鸳鸯。

鸳鸯悠游，数量逾百

这里有必要先介绍一下鸳鸯。我想说，鸳鸯是大家既熟悉又陌生的鸟。说熟悉，是因为在中国的传统文化里，羽色华美、成双成对的鸳鸯是忠贞爱情的象征，并且作为一个经典艺术形象，在历代诗词、绘画中屡屡亮相；说陌生，是因为大多数人并没有在野外见过真实的鸳鸯。以前，我带队在野外观察鸳鸯时，好几个人竟然对于"鸳鸯会飞"深感惊讶。我想，可能是他们在画中所见的鸳鸯几乎都是安静地在水塘中游动，乃至于忘了鸳鸯其实是善于飞翔的野生鸟类。

鸳鸯，是宁波的冬候鸟，每年深秋从北方飞来本地越冬

鸳鸯属于鸭科鸟类，也就是说，是野鸭的一种。当然，跟绿头鸭、斑嘴鸭等宁波常见野鸭相比，鸳鸯体形较小，羽色则特别艳丽。鸳鸯雄鸟具有鲜红的喙、显著的白色眉纹、金色的脖颈，在水里游动时还可看到它那耸立的棕色帆状饰羽；雌鸟的体色比较素淡，具有雅致的白色眼圈及眼后线。

鸳鸯属于国家二级保护动物。在浙江，它们是冬候鸟，一般10月中下旬从北方飞来，在度过冬天后，于次年3月中下旬再飞回北方繁殖地。在宁波，凡是原生态环境较好的山区湖泊、水库，都不难见到越冬的鸳鸯。前几年，在龙观境内，我也曾经多次找过鸳鸯，但均未如愿，这主要是因为，龙观的多数水库、山塘的面积太小，鸳鸯会觉得不够安全。2021年3月，在龙观的石鼓门水库，我偶然见到三四只鸳鸯，但它们马上飞走了。我估计，这几只鸳鸯是在北迁的过程中在石鼓门水库这个小山塘暂歇的。说起来，外牌楼水库的面积也不大，但好在其南岸的植被处在无人打扰的原生状态，因

此非常有利于鸳鸯的栖息、隐蔽与觅食。

  2021年11月上旬,我再去外牌楼水库寻找鸳鸯。不出所料,这次见到的鸳鸯比上回多了不少。当时,在判明鸳鸯叫声传出来的方位后,我静静地躲在北岸的灌木丛里,用望远镜观察对岸的动静。一开始,并没有看到它们的身影,过了好一会儿,才看到十几只鸳鸯从水边的植被深处游了出来,有的在水面上追逐嬉戏,有的站在露出水面的树根上休息。忽然,它们似乎感觉到了什么动静,一下子腾空飞起,向水库大坝方向飞去。这下好了,居然在短时间内连续飞出四五批鸳鸯,每一批都有近20只。这么看来,当时这里的鸳鸯有近百只呢。到了12月,我又去那里观察,这回见到的鸳鸯超过了200只。

鸳鸯

荻花茫茫，观鸟赏景两相宜

我多次去外牌楼水库拍鸟。除了鸳鸯，夜鹭与小䴘也是每次都能看到的水鸟。有一天，我甚至还拍到了一只斑嘴鸭。这种野鸭通常成群活动，而这次仅见到孤零零的一只，显然它是在迁徙过程中落了单的个体。

尽管我本人每次去都能看到鸳鸯，但由于它们生性含羞，警惕性高，喜欢躲在对岸阴暗的树丛底下，极少游到水面中央来，对于缺乏观鸟经验的普通人来说，未必很容易就能看到它们。所以我说，这是一个比较隐秘的"鸳鸯湖"。

不过也没关系，深秋的外牌楼水库还真是一个赏景观鸟两相宜的好地方。它处在交坑大峡谷的最外面，库尾是里牌楼水电站，以及源自中坡山森

斑嘴鸭

林公园的溪流。在溪流与水库的相接处，是一片小型湿地，长满了荻，像是一个处在山谷深处的芦苇荡。11月中旬，大片洁白的荻花迎风起伏，映衬着碧蓝的水面以及秋叶斑斓的树林，分外美丽。而砂石路的两边，枫香、乌桕等树木的叶子都变红了，在阳光下闪闪发亮。

　　有一天下午，已近日落时分，周围静寂无人，我正在拍摄荻花之时，忽见几只鸳鸯从远处飞了过来，直接落在荻花附近的水面上。由于我当时独自躲在灌木丛旁边拍照，鸳鸯们并没有发现我。我又惊又喜，悄悄地举起镜头拍摄。但见这几只鸳鸯不慌不忙，悠然自在地向荻花深处游去，很快不见了踪影。原来它们晚上是在这片湿地里过夜的！

　　那天运气还真不错，除了鸳鸯，还拍到了黄腰柳莺、棕颈钩嘴鹛等不少在路边树林、灌木丛中活动的小鸟。后来，我背着"大炮"（超长焦镜头）往回走，偶抬头，顿时吃了一惊，立马停住了脚步。啊，我没有看错，左前方的树上，停着一只鹰！我屏住呼吸，悄悄举起了"大炮"，透过镜头清晰地看到，那是一只凤头鹰。当时它站得笔直，橙红的眼睛威严地盯着前方，锐利如钩的嘴上隐约还残留着血迹，很可能它刚刚饱餐过一顿。两三分钟后，凤头鹰忽然振翅飞走了，消失在了森林的上空。而我，也该收工回家了。

黄腰柳莺，宁波的冬候鸟

棕颈钩嘴鹛，四明山里常见的留鸟

凤头鹰，本地常见猛禽之一

冬日走过山间

南方红豆杉

"蟋蟀在堂,岁聿其莫。今我不乐,日月其除。"(《诗经·唐风·蟋蟀》)大意是说,岁末天气冷了,蟋蟀也躲到室内避寒了;我若不快乐地生活,实在是辜负了这似水流年。

不过,对于我这样的博物爱好者来说,冬天依旧是去山里闲逛与观察自然的好时光,看看鸟,拍拍野花野果,甚至还能发现一些不怕寒冷的蝴蝶,感觉真不错。现在,请大家跟着我,在这篇文章中来一次虚拟的博物之旅,看看能在冬天的龙观山里看到哪些有特色的物种与风景。

乌贼山观鸟

说起乌贼山,可能大家很陌生:这山在哪儿呀?有什么特色吗?其实,凡是从宁波市区开车到龙观、章水方向的人,十之八九会看到这座山,只不过不知道它的名字罢了。沿着荷梁线往西行驶,在过了鄞江镇不久之后,会看到前方有座比较突兀的山,这就是乌贼山,临近章溪与龙观大桥。其西端平缓,东端高耸,故由西向东,就是一直沿着山脊线往上攀登。

我虽然曾无数次从这座山旁边经过,但以前从未上去过。2021年12月初,我开车经过山北侧的乡村公路,偶尔注意到一块路牌,原来那是"双连珠古道"的指示牌。当时我想,自己对龙观那么熟,怎么从没听说过这条古道?那天反正也没啥事,于是顺势拐了进去,沿着山西北边的小路信步而上。古道以鹅卵石铺就,没走多远,便到了山脊线的最西端,在这个位置左转,就可以沿着山路往上攀登了。

那里有一个蓄水塔,附近以低矮的灌木丛和小树居多,叽叽喳喳的鸟叫声不时从那里传出来,但就是找不到鸟儿。等了好一会儿,才看到一只麻雀大小的鸟跳了出来,站在一根枯枝上。它有着耸立的冠羽,喉部为鲜黄色。原来是黄喉鹀的雄鸟,它是来宁波越冬的冬候鸟。根据我个人的观察,在山里见到黄喉鹀的概率超过了在其他环境里更常见的灰头鹀。黄喉鹀飞走后,随即又跳出一只棕颈钩嘴鹛,但瞬间又消失了。

黄喉鹀,本地的冬候鸟

忽然,一阵"丢!丢!"的鸟叫声传来,响亮而尖锐,慢慢由远及近。我没有看到它们,但听声音就知道,这是一小群黑脸噪鹛(跟画眉是同一个科),以吵闹著称。它们呼朋引伴,鼓噪而过,眨眼间又远去了。

"吁……就可呦!吁……就可呦!"几声悠扬动听的鸣唱忽地响起。咦,这不是强脚树莺的歌声吗?照理说,它们在春天才会这样鸣唱,而在冬天通常只发出如石子敲击般的单调叫声。或许,是这初冬的暖阳让小鸟产生了"误会",以为春天要来了。

绕过蓄水塔,继续往上走。白头鹎(bēi)、领雀嘴鹎、绿翅短脚鹎、红嘴蓝鹊、大山雀、红头长尾山雀等也出现了,载飞载鸣,好不热闹。左前方的树枝猛地一阵颤动,只见一只深褐色的猛禽腾空而起,扑动着翅膀,向山北边的后隆村的田野上空飞去。看它的轮廓与翼下羽色特征,这应该是一只普通鵟(kuáng)。这是一种从北方来宁波越冬的中型猛禽,比较常见。说起中大型的猛禽,在龙观山区有时还能看到蛇雕与林雕,不过这两种鸟比较稀少,难得一见。

沿着山脊线中央的小路,越往东走,路就越陡。到了近山顶处,我在路边坐下来休息一会儿。身边的树丛里,有一群小鸟在活动,叫声很欢快。其中一个小家伙冒冒失失地跳到了离我很近的地方,忽然看到人,便又迅捷地躲回到了灌木深处。这是淡眉雀鹛,是一种喜欢成群活动的小鸟,冬天山里常见。站起身来,抬眼看去,忽见有一只腹部鲜红的小鸟在林中一闪而过。举起长焦镜头搜索,果然看到了一只灰喉山椒鸟的雄鸟。

随后,到达山顶,由东北侧小路下山。

领雀嘴鹎　　　　　　　　　　　　绿翅短脚鹎

红头长尾山雀　　　　　　　　　　普通鵟

灰喉山椒鸟的雄鸟,羽色艳丽

以成虫越冬的蝴蝶

几天后,我又去了一趟乌贼山以及龙观深山中的铜坑村等地,重点是观察蝴蝶。那天最高气温有18℃左右,因此能看到不少蝴蝶活动,它们主要在油茶花、野菊附近飞,有菜粉蝶、黄钩蛱蝶、斐豹蛱蝶等蝶种。

接下来,当寒冷天气来临,能见到的蝴蝶就很少了。不过,我整理了一下自己2021年秋冬在龙观拍到的蝴蝶,发现拍到了多种能以成虫越冬的蝴蝶(绝大多数蝴蝶是以卵、蛹或幼虫的形式越冬),它们主要是美眼蛱蝶、黄钩蛱蝶、大红蛱蝶、琉璃蛱蝶和朴喙蝶等。美眼蛱蝶在上一篇文中已有介绍,下面让我们来认识一下其他几种。

黄钩蛱蝶是宁波乃至全国最常见的蝴蝶之一。本种分夏型与秋型(也叫高温型与低温型),夏型翅背面黄色,腹面是较浅的黄褐色,密布类似大理石的细纹;秋型翅膀边缘的"钩、齿"显得更加尖锐,翅正面黄色偏红,反面深褐色,如枯叶。

大红蛱蝶也是国内广布的常见蛱蝶,以其前翅有一条较宽的橘红色横带而得其名。成虫常年可见,在杂草、落叶下等处越冬。

琉璃蛱蝶,翅背面黑褐色,有一条贯穿前后翅的蓝色宽带,形成一个"V"形;翅膀腹面斑纹杂乱,以黑褐色为主,很像一片树皮——这可能跟这种蝴蝶常停在树干上吸食渗出的树液有关,可起到伪装作用。

较之于前面3种蝴蝶,朴喙蝶可就少见多了。这种蝴蝶的下唇须特别发达,向前明显凸出,其长度约为头部的两倍,状如鸟喙,故名喙蝶。喙蝶是非常古老的蝶种,化石表明,早在2亿年前就已经有了与现代朴喙蝶非常相似的蝴蝶。朴喙蝶的双翅背面底色为深褐色或黑色,有显著橙色条纹斑,前翅顶角呈钩状,后翅腹面则拟态枯叶。朴喙蝶不访花,喜在溪边、路边吸水或矿物质,遇到危险常迅速躲在枯叶旁或树林内。其寿命很长,可达10个月左右,因此又被称为长寿蝶。

黄钩蛱蝶(背面)

黄钩蛱蝶(秋型,腹面)

大红蛱蝶(背面)

大红蛱蝶(腹面)

琉璃蛱蝶(背面)

琉璃蛱蝶(腹面)

朴喙蝶(背面)

朴喙蝶(腹面)

红豆生南国,"风铃"待雪开

讲完了鸟与蝶,那么在冬天的山里,又能看到什么好看的花与果呢?先说野花,常见的如毛花连蕊茶、柃木之类的花就不说了,这里介绍一种较少见的,即单叶铁线莲。

铁线莲属的花卉素有"藤本花卉皇后"之美誉,在全世界园艺界都非常有名。中国野生的铁线莲有近150种,多数花期是在春夏秋三季。而单叶铁线莲属于个别在冬季盛开的"奇葩"。

单叶铁线莲是一种喜欢生长在溪谷环境里的藤本植物,常缠绕在其他树上,在五龙潭、铜坑村的溪流边就有。12月中下旬,单叶铁线莲尚未开花,还只是一个个恰似绿色小铃铛的花苞,其盛花期是在寒冷的1月下旬至2月。单叶铁线莲俗名叫作"雪里开",顾名思义,这是在雪花纷飞的隆冬时节盛开的花儿。开花时,绿色小铃铛就会变成一串串洁白的小"风铃"。而且,花儿有一股清冽的芳香,沁人心脾,闻之令人精神一振。

至于冬季的植物果实,我觉得最引人注目的是南方红豆杉。南方红豆杉是一种高大的常绿乔木,虽说在中国南方广泛分布,但野生种群数量稀少,因此被列为国家一级重点保护野生植物。不过,在四明山里,不难觅到种植的南方红豆杉,比如在龙观上半山村的大松湾古道旁就有不少。

12月,正是南方红豆杉果实熟透的时候,老远就可见到一颗颗鲜亮的"红豆"挂在碧绿的树叶下。其果实的红色部分为杯状的肉质假种皮,里面的是黑色的种子。这种果实到底能不能吃?有人说它有毒,不能吃。而《浙江野果200种精选图谱》一书把南方红豆杉果实列为"可食野果",并描述说:"红色肉质假种皮可鲜食,具黏性,味微甜。"我尝了一下,发现这"果肉"具有黏性,味道不错,比书上描述的更甜。

但这里必须提醒大家,可千万不要咬破、食用里面的黑色种子。因为,

单叶铁线莲的花苞

盛开的单叶铁线莲

南方红豆杉

南方红豆杉果实的红色假种皮少量食用无妨，但它的根、茎、叶、种子均有毒，可不能吃！

其实，这鲜艳而有黏性的甜美果实，乃是南方红豆杉为了传播自己的种子而"设计"的。在缺乏食物的冬天，鸟儿很难抗拒这些红果的诱惑，它们在大快朵颐之后，消化了那层红色的假种皮，而将种子排泄到其他地方，就是在帮助南方红豆杉繁殖。

高山冰雪雾凇，玉树琼枝真美

最后，我觉得不能不赞美一下冬季在龙观高山上偶尔可见的雾凇美景——所谓"偶尔"，就是指得满足合适的天气条件，比如足够的低温、充沛的水汽，如果再加上点大风，则更容易形成雾凇。

以前，奉化的中草药达人邬坤乾老师总是笑我，他说："只要强冷空气一来，你们看着好了，张海华十之八九就会到龙观拍冰雪、雾凇，然后第二天就可以在《宁波晚报》上看到照片了！"确实，我已记不清自己到底去过多少次龙观的高山上拍雪景或雾凇，那景色实在太美了，让人忍不住一去再去。

很多时候，当冷空气来临，宁波城里只是飘点零星小雪，而在龙观的磻溪村以上的区域，以及观顶村附近，却早已是一片银装素裹的冰雪世界。特别是，站在观顶湖畔，眼前的湖也好，山也好，都是一片银白，完全是一派北国风光。如果低温持续数日，则连观顶湖下方的瀑布都会被冻成冰瀑，那景象令人震撼。

如果要观赏雾凇，则要前往接近山顶的地方，海拔在600米以上。在那里，每一株大树都变成了一个冰雪巨人，在寒风中屹然耸立；在那里，每一丛灌木，每一根树枝，每一枚叶子，都被冰凌包裹，在阳光下闪闪发光，好

雪后的檫木

一个莹洁、剔透的水晶世界!

    龙观的冰雪雾凇,通常出现在12月底至次年2月初。但有时,2月下旬乃至3月初也会有,而此时,山中的檫木已经开花了。但见黄花满树,上覆白雪,美不胜收。春天,以不可阻挡的步伐,重临大地。

隆冬的观顶湖

自然的勋章

华重楼

从《春风初拂四明山》到《冬日走过山间》，不知不觉，我们在龙观的"自然漫步"已经走过了一年四季。不过，有心的朋友可能会发觉：书中怎么没有专门关于五龙潭的自然故事啊？这可是龙观境内一个以山水优美、物种丰富著称的风景名胜区呀！

别急，我是特意把五龙潭的"博物旅行记"作为压轴篇章的。现在，就让我们一起来到五龙潭景区，快速"穿越"春夏秋冬，看看这里的自然风物吧。

我到过五龙潭很多次，记录了多种多样的野花、野果、昆虫、鸟类、鱼类、两栖爬行类等物种。有不少动植物，如果已经在前文中重点介绍过了，那么这里就简单带过；反之，若此前没有写过或只是一笔带过，那么这里就多说几句。总之，我希望大家能在这本小书中对龙观的生物多样性产生更多、更深的印象。

好了，你听，窗外的春风在摇动树枝，鸟儿发出了欢快的鸣唱。正是阳春三月好时光，让我们去五龙潭踏春吧。

这是一个幽深的峡谷。一步入，便见高峻陡峭的山耸立在前，须仰视方可见山顶。溪水潺潺，从四明山腹地中奔流而出，沿途形成多个飞瀑与深

五龙潭风景

潭，至景区入口附近方见水势平缓。

3月中旬，春寒犹在，远眺山坡，一片萧索。但请放慢脚步，留意身边，不难看到，野花早已处处开放：路边是一丛丛开白色小花的心叶诸葛菜；山鸡椒的小花是嫩黄嫩黄的；毛花连蕊茶的花也在盛开，引得蜜蜂嗡嗡乱飞。最可爱的，是生在岩壁上的紫花堇菜，经过了一夜小雨，她们那清秀的花朵更显娇艳动人；紫花堇菜的旁边，是低调的天葵垂着小花。

再往前走，忽见湿润的山径上落英缤纷，抬头乃见野樱花已经开放，满树花朵，粉粉白白，如此清丽。石板的缝隙里，随处可见宽叶老鸦瓣，有的已经绽放，有的还是粉红的花苞；甚至，掀开一块临时铺在路边的木板，都可以看到下面有花朵——但由于见不到阳光，木板下的茎叶是黄色的，而不是应有的绿色。

待到4月春浓，五龙潭的峡谷中繁花处处，难以尽说。而在人迹罕至的山坡上，华重楼悄然绽放，这种野花的花形很别致，俗称"七叶一枝花"。

心叶诸葛菜

山鸡椒

毛花连蕊茶

紫花堇菜　　　　　　　　　　　　天　葵

雨后的野樱花

木板下的宽叶老鸦瓣

华重楼

　　春末夏初，可爱的小燕尾嘴里叼着苔藓，在溪畔的隐秘处筑巢、孵卵。不久之后，雏鸟破壳而出，嗷嗷待哺。小燕尾父母整天忙忙碌碌，在飞瀑、急流旁穿梭，捕捉小飞虫，来哺育子女。在这条溪流里，同样忙着育雏的，还有红尾水鸲、白额燕尾等常见鸟儿。有一种也喜欢生活在溪边的鸟儿，平时却难得一见，它便是紫啸鸫。这种鸟远看为黑色，近看是很暗的蓝紫色。它非常警觉，人稍有靠近，就马上飞入茂密的灌木丛躲起来。

　　夏日的五龙潭，浓荫蔽日，蝉鸣声声，蜻蜓、蝴蝶随处飞。这里的蝉，有黑蚱蝉、螗蝉、蟪蛄、松寒蝉等好多种，每天都在进行大合唱。蜻蜓目的昆虫，较有特色的，有赤基色蟌、透顶单脉色蟌，以及多种春蜓。蝴蝶就更多了，其中最漂亮的自然是碧凤蝶。我曾见到一只碧凤蝶在树叶下悄然羽化，从蛹"蝶变"为华丽的成虫；我也曾见到一群碧凤蝶，还有少量青凤蝶、木兰青凤蝶，它们聚集在溪边湿润的沙砾上吸取水分与矿物质。亲眼看到并用镜头记录下这样的生态美景的人，就像我，是非常幸福的。

小燕尾　　　　　　　　　　　　　　　　紫啸鸫

刚羽化的碧凤蝶

凤蝶吸水,以碧凤蝶居多,另有青凤蝶与木兰青凤蝶

绞股蓝

大叶白纸扇

七八月间，绞股蓝在阴湿的石头上恣意扩张着自己的地盘；大叶白纸扇的花很有特色，几枚硕大的"玉叶"衬托着数朵金色小花；海州常山的花儿也在热烈绽放，细长的雄蕊顶着花药，远远伸出了洁白的花冠；半蒴苣苔有着巨大的绿叶，此时尚在孕育花苞，花朵要在夏末才会盛开。

溪水清澈，游鱼历历，皆若空游无所依。光唇鱼聚成了小群，游来荡去，有的还因发情之故，背鳍发红，十分艳丽。还有少量吸鳅，它们伏在水底石头上，自顾自安静地觅食。

盛夏傍晚，夕阳斜射，橙色的光线微微染红了溪岸。远处飞来一只翠鸟，它停在溪流上空的树枝上，低头观察小鱼动静，猛然弹射入水，瞬间便叼到一条小鱼出水。天目臭蛙从石缝里钻了出来，雄蛙们蹲在石头上，"叽啾，叽啾"地鸣叫着。一条铜蜓蜥也从石缝里钻了出来，缓缓地爬行，仔细搜寻食物，好打发一顿晚餐。喜在夜间活动的乌华游蛇也出来了，它在溪流中央贴着石头游来游去，伺机捕捉最爱吃的小鱼小蛙。

光唇鱼

铜蜓蜥,是宁波最常见的蜥蜴

乌华游蛇,喜欢在溪流里捐鱼

五龙潭风景

五龙潭风景

夏去秋来，五龙潭秋意渐浓，处处色彩斑斓。站在高处往下望，但见流水闪烁着银光，溪边满树金黄，树冠在阳光下发亮，恍若巨型火炬。山坡边，是菊科野花的天下，三脉紫菀、陀螺紫菀、野茼蒿、一点红、野菊等处处可见。水边，清丽的蓼花亦不甘寂寞，敢与菊科野花争秋色。唇形科的紫花香薷，也是秋天的特色野花之一，它们的穗状花序完全偏在一侧，状如牙刷，故常被人叫作"牙刷花"。

野果可就更多了。蔷薇科悬钩子属的高粱泡、寒莓，汁水饱满，酸甜可口。石楠的颗颗红果集生于枝顶；紫珠的叶子快要落尽了，唯留无数紫色的小珠子缠绕在枝条上；紫金牛科的杜茎山的果实是白色的，也爱挤在一起；海金子的果实绽裂了，露出了鲜艳的红色种子。后几种野果虽不能食，但颇可一观。

秋天来了，黄钩蛱蝶、美眼蛱蝶等蝴蝶也换上了"秋装"，翅膀的腹面变得很像枯叶。当它们竖起翅膀，停在植物上休息的时候，如果不注意看，还真的会被它们骗过，以为那是一枚落叶呢。

野　菊

蓼 花

石楠果实

五龙潭秋色

杜茎山

海金子

时光流转，物候变换，大自然自有她的节奏。进入寒冬，在五龙潭，除了山茶科山茶属、柃木属之类极少数植物仍在开花外，野花已几乎看不到，但野果还是有不少。最常见，同时也是最显眼的，是紫金牛科植物（如朱砂根、红凉伞）的累累红果。虎刺是常绿小灌木，植株上布满了令人难以亲近的尖刺，故有"鸟不宿"之外号，但其状如微小灯笼的红果，着实晶莹可爱。虎刺的挂果期很长，可以从冬季持续到早春。

此地冬天里最奇特的野果，当为紫麻。这是一种荨麻科紫麻属植物。它的长相，可真不大符合普通人脑海中的野果概念。有人开玩笑说：这怎么是野果，难道不是粘在树枝上的饭粒吗？而且，里面还嵌了黑芝麻！是的，这是野果，而且还是可以吃的野果！紫麻的可食部分实际上是其白色的肉质花托，被包围的黑色部分才是真正的果，书上说这肉质花托"可生食，微甜带酸"。我尝过，觉得水分还是比较足的，但并不好吃。

柃木属的植物

虎刺,果实可爱,枝条多刺

紫麻,奇特的可食野果

五龙潭的美好四季就说到这里了。

不过,还有一个有趣的插曲,我想放在最后说。2021年11月25日,我和女儿一起到五龙潭走走,当走到景区最深处(也就是"四明山修枪所"旧址那个位置)时,已是中午12点多,我们在溪边的大石头上吃了点面包,略事休息。准备折返时,忽见一只圆翅钩粉蝶,扑闪着一面鲜黄、一面嫩绿的翅膀,悄然飞至。这,可是一种不常见的大型粉蝶啊!此前,我只于夏季在铜坑溪流边见过一次,这回忽然在深秋与之邂逅,真是又惊又喜,赶紧举起了镜头。

此时,一个小小的奇迹发生了,它竟然停在了我女儿身上,仿佛是一枚奖章别在胸口,稍后才翩然飞走。莫非,这是对她辛勤登山、观察自然的鼓励?忽然,我想起了美国著名自然文学作家梭罗在《瓦尔登湖》中写下的那

圆翅钩粉蝶,本地不常见的大型粉蝶

一只圆翅钩粉蝶停在胸前

句著名的话:"有一次,我在院子里锄地,一只麻雀飞来停落在我肩上待了一会儿,当时我觉得戴上什么荣誉勋章,也没有那种情景让我感到骄傲。"

是啊,对梭罗的话,我由衷地认同。最好的勋章,就应该是由大自然"颁发"给我们的。唯有敬畏天地、尊重自然、善待万物,才是人类的永续发展之道;也只有这样,大自然才会给我们最好的奖赏,而不是最严厉的惩罚。

后记

《龙观自然漫步》即将出版，对于书本身来说，算是已经完工了——但这仅仅是"书里"的事，而"书外"之事，也就是如何用实际行动继续推动龙观的生物多样性保护，促进可持续发展，还有很多很多等待我们去做。

2021年年底，我收到龙观乡副乡长钱文君女士发来的一篇文章，其主要内容是关于龙观如何创建国家生物多样性友好乡镇的。文中没有某些公文中常见的空话、套话，而几乎都是"干货"，里面提到的那些想法与措施，有的早已做了，有的正在实施，有的准备推进。

我也是看了这篇文章后才知道，早在2007年龙观乡就不惜GDP与税收收入大幅度下降，而让大量工业企业外迁，目的就是保护当地得天独厚的优良生态环境。今后，龙观将继续加强生物多样性保护，以"友好"（善待自然，与万物友好相处）为核心理念，坚守生态红线，谨慎开展基建，避免对自然环境造成难以挽回的破坏；同时，扶持绿色农业，发展生态旅游，健全生态补偿机制，并引导公众积极参与生态保护工作。

说到这里，我倒是突然冒出一个想法——当然，目前这纯粹是个人的不成熟想法——那就是，龙观不妨尝试推进"全域自然风貌保护区"的建设。因为，龙观乡本身就是"小而美"的地方，先天自然条件很好，目前整个乡里的工业企业也很少，主要是在发展与生态有关的产业，那么，龙观就可以进一步顺势而为，通过努力，争取把全域都变成在宁波别具一格的"自然风貌保护区"。

为此，首先需要对全乡的自然环境现状进行实事求是的评估，大致分出个"好、中、差"来；其次，对境内的一些生物多样性非常丰富的重要生态片区（如五龙潭景区、中坡山森林公园、清源溪流域、观顶湖及磻溪村周边等）采取严格的生态保育措施，尽量保持荒野的原始之美，让各种野生动植物有一个自然栖息的良好空间；再次，对那些自然风貌已受到损伤的区域，尽可能进行合理的生态修复，壮大乡土野生物种群落。当然，以上只是最基础的工作，其他方面也有很多事情要做，这里就不展开了。

我觉得，龙观的"自然风貌保护区"必须是全域的，没有"硬伤"的，只有这样，整个龙观才能真正做到"与自然万物友好相处"。届时，龙观全境会变成一个真正的"自然乐园"、一个"自然大学堂"，无论谁来到龙观，无论到龙观什么地方，都会真切感受到一种友善与放松——这种美好的感觉，正是来自人与自然的和谐共处。

我非常热切地期待着，这一天能早日到来；同时，也愿为迎接这一天的到来，奉献自己的绵薄之力。

N
W
E
S
章水镇
五龙潭观瀑水景玻璃天桥
竹文化博物馆
五龙潭农家乐
阿明农家乐
平安农家乐
巧媳妇农家乐
观顶湖
庄顶旅游公路（最美运动公路）
璠溪古村
宋·灵威庙
老璠溪农家乐
唐·章圣寺
汇亭精品水果观光园
铜坑
商量岗方向
石鼓门水库
龙观禅那白金民宿
奉化里村

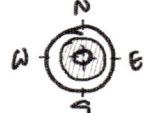

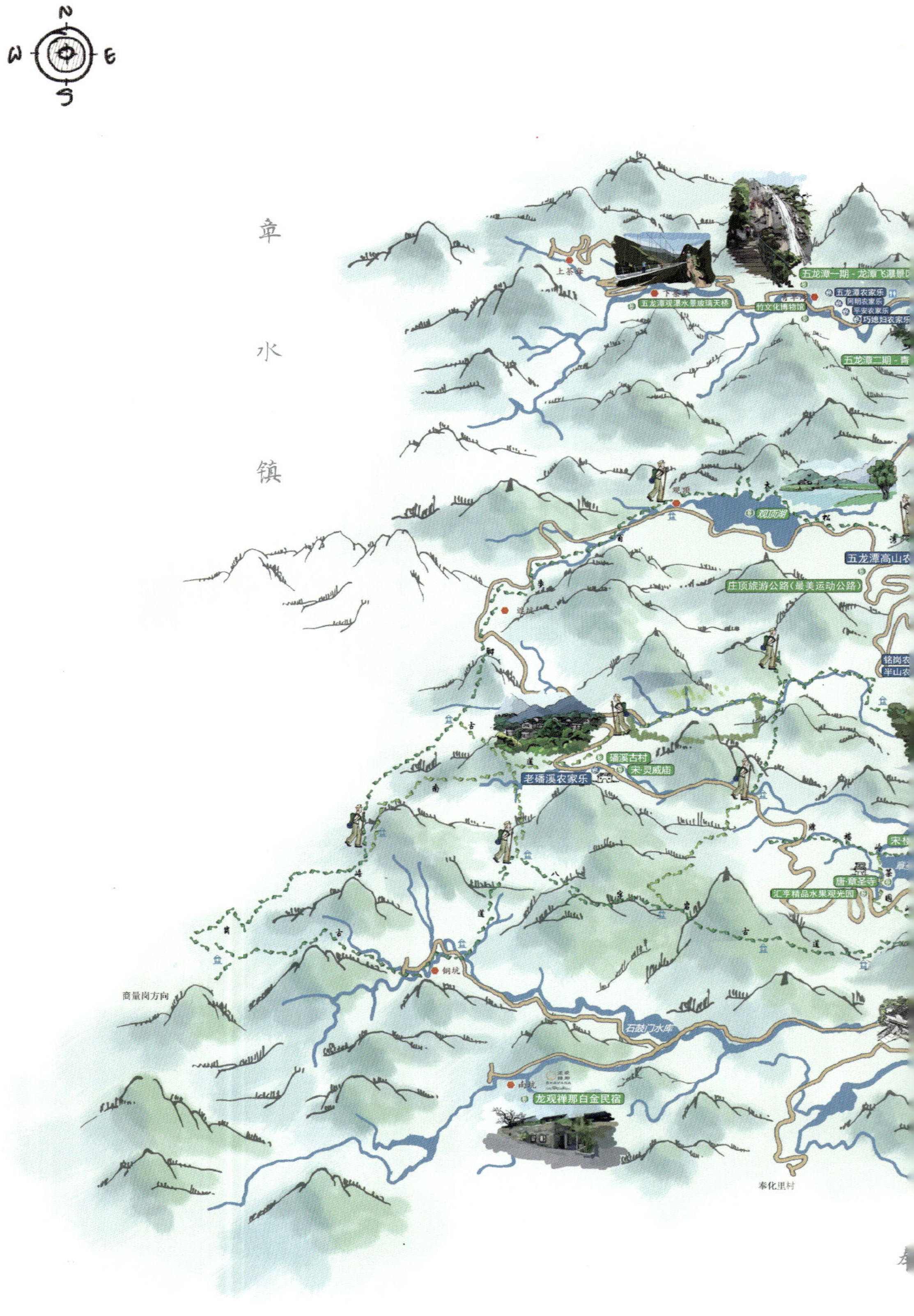

龙观手绘旅游地图
Longguan Hand-painted Tourist Map

本手绘地图由《阿拉宁波》杂志社制作

图书在版编目（CIP）数据

龙观自然漫步 / 张海华著；张可航绘 . —— 宁波：宁波出版社，2022.5
 ISBN 978-7-5526-4540-8

Ⅰ. ①龙… Ⅱ. ①张… ②张… Ⅲ. ①随笔 - 作品集 - 中国 - 当代 Ⅳ. ① I267.1

中国版本图书馆 CIP 数据核字（2022）第 053594 号

龙观自然漫步　Longguan Ziran Manbu

张海华◎著　　张可航◎绘

出版发行	宁波出版社
	宁波市甬江大道 1 号宁波书城 8 号楼 6 楼　315040
	http://www.nbcbs.com
策划编辑	徐　飞
责任编辑	苗梁婕
责任校对	徐巧静　陈　钰
装帧设计	马　力
开　　本	710mm×1000mm　1 / 16
印　　张	17
字　　数	200 千
印　　刷	宁波白云印刷有限公司
版　　次	2022 年 5 月第 1 版
印　　次	2022 年 5 月第 1 次印刷
标准书号	ISBN 978-7-5526-4540-8
定　　价	68.00 元

版权所有，翻版必究